角川春樹事務所

目次

第一話　師走飯

一

その日の朝は人々が霜柱を踏む音で明けた。

「今年は寒くなるのが早いな」

日本橋は木原店にある一膳飯屋塩梅屋で下働きをしている三吉は呟き、主に向かって、身体を縮めてぶるっと震える仕種をしてみせた。

このところ陽の差さない曇天の日ばかりで、昼が近いというのに、外は今にも小雪が舞い出しそうな空模様である。

「これから師走に向かっては、ことさら寒さが身にしみて皆さん、さぞかし辛いことだろう」

主の季蔵は案じる表情になった。

市中での商いのうち、盆以降の分あるいは一年分の掛けが精算されるのが年の瀬で、これを取り立てる商家の手代は朝から晩まで足を棒にする。

払える見込みの無い者たちの中には夜逃げや一家心中等の憂き目を見る者たちもいた。しかも生きものである人はどんな時でも腹だけは減り、これに寒さまで加われば、救いの無さは一層募る。

寒さの厳しい冬場、ひもじさも一因となって病に罹り、命を落とす者たちも少なくなかった。

——こんな冬だからこそ何とか多少なりとも皆さんのお役に立ちたい、心ばかりでも励ましたいものだ——

そんな想いに突き動かされてきた季蔵は、年の瀬に限って、塩梅屋の暖簾を昼時にも掛けていた。

「今年は季蔵さん、師走飯を何にするか、決めるの早かったよね」

三吉が師走飯と呼んだ、塩梅屋の年の瀬限定の昼餉は〝安い、早い、美味い〟を身上としている。

ある程度金をかけた食材で拵えた料理を、じっくりと味わってもらうのであれば、そこそこ外れのない美味さを提供できる。だが、師走飯ともなれば、何よりも、昼時に立ち寄ってくれる忙しい客たちの懐に負担をかけず、時を浪費させないものでなければならなかった。

——どんなに美味くても、安くなければ胆が冷えてしまって敬遠され、寒風に晒されている皆さんの胃の腑を温めることなどできはしない——

とはいえ、毎年物価は上がるばかりで、〝安い、早い、美味い〟の実現はなかなかむずかしく、季蔵は例年この時季、頭を捻り続けてきた。

今年、師走飯の献立を早々に決められたのは、漁師たちと親しい船頭の豪助が、

「いろんな事情があって、とびっきり安くできる魚があるんだってさ」

これ以上はないと思われる廉価で、鰯を仕入れる手伝いをしてくれたからであった。

季蔵はこの鰯で今年の師走飯は、鰯の照り焼き汁かけ飯にすると決めた。

「ようはおいらたちのうな茶だよね？」

三吉の言葉に、季蔵は頷きつつも、

「脂の乗っていない鰻の蒲焼きのうな茶だったら、どれも脂のよく乗っている鰯の照り焼き汁かけ飯の方がよほど美味いぞ」

きっぱりと言い切った。

ちなみに鰻の蒲焼きを刻んで飯に載せ、錦糸卵や三つ葉、山葵等を添えて、熱い出汁をかけて供するうな茶は、高価な鰻を使うので、毎日は食べられないご馳走である。

そんなやりとりをしている二人は、今、鰯の照り焼き汁かけ飯を試作していた。

すでに釜には飯が仕掛けられていて、竈の上で湯気を上げ、独特のよい匂いを醸し出していた。飯の炊けるこの匂いは、寒さで縮こまりかけた身体だけではなく、心にまでほどよく沁みて、ふんわりとほぐしてくれるかのようでもあった。

季蔵は今朝、届けられてきたばかりの鰯を、三吉が手開きにする様子をじっと見守って

いた。

「手開き？　魚のことならおいらに任しといて」

三吉は自信たっぷりに鰯の載った目笊を見据えた。

包丁で下ろす代わりに、手だけで開くことができるのは鰯の身が柔らかなゆえである。

また、手開きにすると包丁の金っ気が移らず、鰯の旨味をより豊かに堪能できるという長所がある。しかし、手早くやらないと手の熱が鰯に伝わり、鮮度が落ちてしまう。

「出来たっ、これで出来上がりっ」

三吉が開いた鰯を皿に載せようとしたとき、

「この大きめのは腹骨も取るように」

季蔵が指示した。

「ええっ？　そんなの、細かすぎて取れないよ」

三吉は泣き顔になりかけたが、

「何も手で取れとは言わない、包丁ですき取るんだ。大きめの鰯の腹骨は口に残るからな」

「それを早く言ってくれなきゃ」

ほっとした表情になった三吉は、包丁を手にすると、手慣れた様子で大きめの鰯の腹骨を丁寧にすき取った。

ここからは季蔵の仕事である。

　まずは鰯の照り焼きを拵える。

　照り焼き用の甘辛タレを醤油、酒、砂糖、味醂を合わせて一煮立ちさせて、たっぷり作っておく。

　開いた鰯に小麦粉をまぶし、油を熱した鉄鍋で両面をこんがりと焼き、合わせた甘辛タレを入れて、軽くトロミが付くまで絡ませる。

　香ばしく食欲をそそる匂いが、炊きあがったばかりの飯の匂いと相俟って店中に立ちこめてきた。

　他方、出汁は鍋に水と昆布を入れ、そのまましばらく置いて火にかけ、沸騰直前に昆布を取り出し、鰹節を入れて煮出したところで、鍋を火から外して二百数え、数え終えたところで、鍋から鰹節を取り出し、塩だけで味を調える。

　丼に炊き立ての飯を盛り付け、甘辛タレを適量かけまわした上に鰯の照り焼きを載せて、出汁をかける。

「いよいよ試食だね」

　三吉がごくりと生唾を呑んだ。

　二人は丼と箸を手にした。

「ああっ――」

　一口啜り込んで太いため息を洩らした三吉は、最後の一啜りまで無言であった。

「いいぞ」

季蔵は微笑みかけ、

――よし、倣ってみよう――

三吉を真似、

「やはり――」

思った通り美味いと季蔵が続けかけると、

「うな茶は刻んだのを惜しみ惜しみ載せてるだけだから、こんなに楽しめない。おいら、うな茶もどきで充分満足。照り焼きの鰯、まだ残ってるし、お代わりしていい？」

三吉は空の丼の端に口をつけてなおも啜り食う仕種をして見せた。

それから三吉は五膳ほど、うな茶ならぬ、鰯の照り焼き汁かけ飯の師走飯をぺろりと平らげた。

二

今年の師走飯である鰯の照り焼き汁かけ飯には、山葵または粉山椒、炒り胡麻、もみ海苔の薬味を好みで添えるだけではなく、

「沢庵なんてどうかな？　おっかあは鰯に限らず何にでも沢庵で、そう悪くないよ」

試してみると、意外にもこれとの相性も良かった。

「刻むともっと嵌まりそうだ」

季蔵は鰯の照り焼きに合わせる沢庵を千切りに刻んだ。

釜に残っていた最後の一口の飯と、やはりあと一切れの照り焼き、沢庵の千切りを一緒に頬張った三吉は、

「これだとたしかにそうそう噛まなくていいし、薬味の沢庵が出しゃばりすぎずにとってもぴったり――」

いたく感動した後、

「それにしても、今年の季蔵さん、気前がいいね。山葵や粉山椒、胡麻や海苔だって只じゃないはずなのに――。その上、沢庵まで大盤振る舞いしようとしてるなんてさ」

首をかしげた。

「そのうち話す」

季蔵は気を持たせたわけではなかったが、

――一度、豪助と話さなくては――

只同然で売ってくれる鰯の値について、どうしてそこまで安価なのか、訊いてみなくてはならないと思っていた。

――相手が無理をしすぎているようなら、気張った薬味は無しにして、相応の銭を払わなければ――

そんな心づもりをしていると、何日かして、昼時にひょっこり豪助が顔を出した。

ちょうどこの日の朝、豪助から頼まれたという使いが水揚げされたばかりの鰯を届けてきていたので、賄いは三吉にねだられた鰯の照り焼き汁かけ飯に決めていた。

「何度も届けてもらって悪いな」

季蔵は礼を言い、

「今日はおまえ一人で拵えてみろ」

三吉に任せて離れへと豪助を誘った。

――いつもと様子が違う、何か、折入った話があるのだろう――

季蔵は、いつになく豪助が緊張していることに気がついていた。

――所帯を持つ前に見せていた、気負って奥に激しい炎を宿していた目を、今、久々に見た――

「しばらくぶりだな。銭のない時によく食べさせてくれて、ここのとっつぁんにはすっかり世話になったよ、それじゃ――」

まずは豪助は今は亡き先代塩梅屋主の長次郎の仏壇に手を合わせた。

茶を淹れた季蔵は自分からは話しかけず豪助が話し出すのを待った。

「兄貴にはお見通しだと思うけど、俺、今、家を出てるんだ」

小柄ながら鍛え抜かれた身体つきと、茶屋娘だった母親譲りの、船頭にしておくのが惜しい男前の豪助は、以前、往来を歩いているだけで若い娘たちに後を尾行られたこともあった。

もっとも、豪助の方は、ちやほやされることには全く興味がなく、自分を捨てた母親の面影を忘れられずに、目当ての娘がいる茶屋に稼ぎの大半をつぎ込んでいる始末であった。

そんな豪助がふとしたきっかけで漬物屋の下働きだったおしんと知り合い、自分の子を宿したのを機に所帯を持った。器量好しでこそないが、働き者で商いに長けたおしんは実父の遺した甘酒茶屋を漬物茶屋に替えて成功し、豪助の方は〝ずっと昔のままの素敵なあんたでいてちょうだい〟という女房に応えて、店を手伝いながら船頭を続けてきている。

子どもは可愛い盛りに成長し、一家は順風満帆のはずであった。

「まさか、昔の悪い癖が出たのではないだろうな」

季蔵は小指を立てる代わりに苦い顔をしてみせた。

「その方が、まだましだとおしんに言われたよ」

――豪助は博打とは無縁だったはずだし――

皆目見当がつきかねていると、

「俺は季蔵さんを兄貴だと思ってきたけど、そう思えたのはもう一人、季蔵さんと出会う前に、季蔵さんみたいな男と知り合ってたからなんだ。俺にとっちゃ、その男もやっぱり兄貴なんだよ」

豪助は神妙な面持ちで切りだした。

「その兄貴と巡り会ったのだな？」

今度はすぐに察することができた。

「ん、季蔵さんと同じで偶然、俺の舟に乗り合わせた。驚いたがうれしかった。あの尚吉兄貴とは生涯、二度と会えねえと思ってたから」

「どうやら深い事情がありそうだ」

「実を言うと俺は漁師になりたかったのさ」

「漁師たちとは、誰でもがそうそうおまえほど親しい間柄にはなれないものだろうから、古くからの知り合いがいるはずだとは思っていた」

「それもさ、颯爽と舟を漕いで沖へ出て、魚網を仕掛ける船頭も兼ねた漁師に憧れてた。板子一枚下は地獄だなんて、わくわくするじゃねえかよ。乗り合わせる漁師仲間とは一蓮托生ってえのも気に入ってた」

　天候に左右されて荒れることもある海で働く漁師は、明日の命の保証はない危険な稼業である。

「おまえらしいな」

　豪助の本質は見かけに似ず、男気と侠気がないまぜになって熱い。

「どうやって尚吉さんと知り合った？」

「尚吉兄貴とは祭りの日、俺が酒を飲み過ぎて暴れかけてたのを止められたのが、きっかけだった」

「その頃はおまえもまだ自分の目的が定まっていなかったのだろう？」

「その通り。がむしゃらになれるものが欲しいのに、どれもこれも自分の手から逃げていく感じで、いつも苛立ってた。祭りの喧嘩は恰好の捌け口だったんだ。だから尚吉兄貴に止められて、もうこれ以上馬鹿はするなって、平手打ちを食らわされて説教された後、よし、これだ、この男についていこうと思った。尚吉兄貴が漁師だったからこそ、漁師にな りたいとあそこまで思い詰めて一心になれた。そうでなけりゃ、今、俺が船頭をしてたか どうかもわからないよ。あれから尚吉兄貴と一緒に動いてるうちに、漁師の真似事もさせ てもらったし、漁船の船頭までは無理だったけど、猪牙舟の船頭にはなれた。だから、あ の時の決意を後悔したことは一度もない」

「尚吉さんは漁師で船頭ではないのでは？」

「尚吉兄貴のおとっつぁんは漁師で、幼い頃から漁に親しんできたんだが、漁場で自分た ちの命を支えてくれている船頭になりたいと思い続け、とうとう漁師から船頭に成り上が った。〝子どもの頃から海に呑み込まれて帰ってこない命を幾つも見てきた。たまらなか った。船頭さえ、機転がきいて腕がよけりゃ、魚がたくさん獲れるだけじゃなしに、海で 落ちる命の数も減る〟って、尚吉兄貴は言ってた。そんな兄貴は漁船を操る評判の船頭と なり、気性のよさや志だけじゃなく、背が高くて渋い寡黙な男前だったから女にもモテた が、お理恵さん以外には目もくれなかった」

「お理恵さん？」

「何でも、江戸一と言われ、開府以来続いてきた網元、佃孫右衛門さんの一人娘だ。尚吉 兄貴はこの孫右衛門さんに見初められて、娘婿となり、網元を継ぐことになってたんだ。 もちろん、二人はあえて孫右衛門さんが見初めるまでもなく、とっくの昔に、互いに好い て好かれてたんだけどね」

ちなみに開府以来続いてきた網元たちは、漁獲した魚を千代田の城の膳所に納めるだけではなく、残りを市中で売りさばく権利が与えられていて、これが魚河岸の起源だと言われている。

「そこまではめでたし、めでたしの話のはずだが――」

季蔵は心持ち首をかしげて豪助の言葉を待った。

――二人が何かの禍に巻き込まれなければ、豪助は尚吉さんとやらと再会を果たすこともなかったはずだ――

「その孫右衛門さんに抜け荷の疑いがかかったんだよ」

「網元に抜け荷？　廻船問屋の間違いではないのか？」

「廻船問屋とつるんでやったとされたんだ。廻船が遠く長崎なんぞから運んできた御禁制品を、こっそり網元の船に移して、飛びつかんばかりに欲しがる、お大尽たちに売りさばいてたと見なされたんだって。孫右衛門さんはそんなことをするような人じゃない。網子とも言われる漁師やその家族を、粗末な家に住まわせて生殺与奪の権を握って飼い殺しにしてる、わりによくいる鬼みたいな網元じゃなかった。船祝いや小正月、盆などの行事の時は網子を呼んで飲めや歌えで無礼講を許していたし、病と聞けば医者にかからせてた。読み書きが好きな子がいれば手習いにも通わせてたよ。吉原に売られそうになった漁師の娘を、借金を肩代わりして助けたこともある。ほんとに仏様みたいな人だったんだ。あの人に限って、欲の皮の突っ張った奴がやる、抜け荷なんかに手を出すわけがない。にもかかわらず、嵌められた孫右衛門さんは即刻首を刎ねられた。もちろん、開府以来の網元の権利も全て召し上げられた」

「尚吉さんや娘さんは？」

「娘のお理恵さんにお咎めは無かったが、家や家財道具は没収、着物一枚も持って出ることは許されなかった。手先が器用で、魚網を繕うのが上手だったお理恵さんは、長屋での独り暮らしを仕立て物で賄うことにした。尚吉兄貴の方は孫右衛門さんが捕まる前に、〝身内同然の、おまえにまで身に覚えの無い罪科が降りかかる。うちの遠縁が摂津に居る。文で報せてあるから誰にも言わずにそこへ逃げるように〟と言い置いた孫右衛門さんの言葉に従ったんだそうだ。俺は尚吉兄貴から聞いて、なるほどと思った。道理であの頃、尚吉兄貴のことは、誰に聞いても行方がわからなかったわけだ。そのうち俺も、分を知って、尚吉兄貴みたいに、網元にまで一目置かれる漁船の船頭になるのは諦めた」

「お理恵さんと尚吉さんはその後どうした？」

季蔵は相思相愛だった二人の行く末が気になった。

「尚吉兄貴の話じゃ、二人は文でやりとりしてたんだって。ただし、お理恵さんの方は、読んだ文は頭に叩き込んで、すぐに泣く泣く焼いてたんだって。ったく、泣かせるよね。尚吉兄貴が帰ることにしたのは、最後の最後に孫右衛門さんが、〝摂津で十年、辛抱してくれ、そこまで耐えればきっとほとぼりもさめる〟と言っていたからだそうだ。別れてから十年、ずっと尚吉兄貴だけを想い続けたお理恵さんはもう大年増の二十五歳だ。これまた、泣けるよ」

豪助は洟を啜った。

「それでいよいよ、帰ってきたというわけだな」

「ん。孫右衛門さんは尚吉兄貴にこうも言ったそうだ。〝ここへ戻ってきて、まだ娘と所帯を持つ気持ちがあったら、わしのことは金輪際忘れろ。恨みを晴らすなどとは考えてはいかん。そして、二人で力を合わせて一から始めてくれ。辛いこともあるだろうが、身を粉にして働いて、努力さえ惜しまなければ、きっと花が咲いて実がなるものだ〟と。だから、尚吉兄貴はそのつもりでいるんだと思う」

「そうか、お理恵さんと尚吉さんは艱難辛苦を経てやっと結ばれるのだな」

豪助に釣られたのか、季蔵もまた涙声になりかけた。

――今度こそ、二人して必ず幸せになってほしい――

三

「兄貴も俺に話があるんじゃないのか?」

豪助は察していた。

そこで季蔵はどう考えても安すぎる鰯の値段への不審を口にした。

するると豪助は、

「それなら、かまわない。だって、尚吉兄貴の心意気なんだからさ」

「帰ってきた尚吉さんは漁師をしているのか？」

「漁師の子だし、もともと漁も好きだったんだそうだ。上方ならではの漁も面白くて、あっちじゃ、ずっと漁師を続けてたんだって。今もこっちへ帰ってくる時にあっちの網元が都合してくれた、特別な網で沖へ出て鰯なんかを獲ってるんだ」

「どこの網元も腕のいい船頭を探してる。船頭でこちらの網元に雇われる気はないのか？」

「俺もそうしたらって勧めたけど、尚吉兄貴は黙ってるだけだった。たぶん、お理恵さんとの今後のことも考えて目立ちたくないんだと思う。まだ、その頃のことを覚えてる人はいるからね」

「おまえがおしんさんと不仲になってるのは、その尚吉さんと関わってのことだと思うが——」

季蔵は家を出ているという豪助が気掛かりだった。

「俺はただ、せっかく帰ってきた尚吉兄貴を〝しばらくは、俺たちのところで世話したい〟って言って泊まっててもらっただけだよ。なのにおしんときたら、〝あたし、あんたが入れ込んでるあの男を好きになれない。ほんとに昔の許嫁と所帯を持つ気なんてあるのかしら？　時々、ぞっとするような暗い目をしてるのにあんた、気がついてる？〟なんて言い出して、〝腹に子ができて、俺と所帯を持ったてめえと兄貴を一緒にすんなよ。兄貴の良さがてめえなんかにわかってたまるもんか〟って俺が言い返して、大喧嘩になってさ、察して出て行った尚吉兄貴に俺はついてって、今は深川で長屋暮らしをしてる」

「おおかたおまえも漁を手伝ってるんだろう?」

「やっぱ、漁はいいよ。久々に俺も尚吉兄貴ほどじゃないが、自分を〝いなせ〟な男だって思えた。そもそも兄貴は、元々、そんな風に思ってふるまってなんていないけどな。所詮俺とは人の出来が違うんだ」

〝いなせ〟とは、時が経てば腐りやすい魚貝類の扱いに関わる人たちの心意気が育てた言葉である。

漁師や魚商人に大切なのは何より機敏さで、これに勇気、元気、気概といった気分が加わって一つの言葉となった。〝いなせ〟を江戸前と同一に見なす向きもある。

「話を元に戻して繰り返すが、おまえも加わっての漁の鰯はほんとにあの値段でいいのか? 水揚げしたばかりだというのに、棒手振りから売れ残りを天秤いっぱい買うのよりも安いのが気にかかる」

「尚吉兄貴が決めたあの値は干鰯よりもぐーんと安い。そのうち店賃が払えず、おしんに借りる羽目になるんじゃねえかって、俺も心配になってきている」

豪助はふうとため息をついた。

干鰯とは、脂抜きをした鰯を干し固めた肥料のことで、草や木を焼いた後の草木灰や腐熟を待たねばならない下肥などに比べ、軽く、効果が大きかったので、その価値が高まり盛んに取引され、金肥とまで呼ばれるようになってから久しかった。

「尚吉さんは何か、干鰯やその関わりに思うところがあるのでは?」

季蔵は訊かずにはいられなかった。

「干鰯は特に綿の木と相性がいいんだそうで、上方を始め、どこの村でも引っ張りだこ、品が不足すると値上がりするのが常だから、お百姓と干鰯問屋はずっと闘ってきた。一方、干鰯問屋は網元とつるんで、新しい漁場を探してきたんだと。それでもたいして干鰯の値は下がってきてないから、これは干鰯問屋はお百姓の虎の子を狙い、網元は網子の漁師を虐げかねない図式だって、尚吉兄貴は言うのさ。とはいえ、房州（千葉県南部）や総州（千葉県中北部・茨城県の一部）あたりで大きくつるまれてちゃ、手も足も出ない。強い奴が弱い者から搾り取る勢いは増してるんだそうだ」

総州の上総国（千葉県中部）の九十九里浜は地引網が盛んで、鰯などの近海魚が多く獲れるので、そのまま江戸に出荷するとともに長く干鰯の産地として知られていた。

「それで、生鰯の値を干鰯よりもぐんと下げたのだな」

わからないでもない心意気だと季蔵は思った。

――わたしも尚吉さんのような鰯漁をしていたら、同じように考えたかもしれない――

「一寸の虫にも五分の魂。せめてってことなんだろうけど、あの安値は、俺が塩梅屋の師走飯に使いたいって兄貴が言ってたのを伝えて、即、返ってきた尚吉兄貴の返事だったのさ。尚吉兄貴は〝鰯だって生きとし生けるもの、人は口と心でしっかりとその命を受け止め、美味さを讃えるべきだ〟って言ってたな。そうそう、俺もやみくもに鰯を獲って、肥やしにしちまうのはちょいと鰯に気の毒だと思う。そうそう、この時の兄貴はいつになくうれしそうに見えたよ」

――なるほど――

得心した季蔵は、

「それではこちらは今回、尚吉さんの心意気に甘えるとしよう。礼を言っといてくれ」

知らずと浅く頭を垂れていた。

――二人の店賃は案じられるが、犬も食わないのが夫婦喧嘩、豪助がおしんさんに頭を下げて借りるのも悪くはないだろう――

するとそこへ、

「すいません」

三吉の声と戸が引かれる音がした。

「あのお客さんだけど。女の人」

「あ、お理恵さんだ」

豪助が立ち上がった。

「小上がりにお通ししろ」

こうして季蔵は豪助と共に、あらぬ疑いで刑死した孫右衛門の忘れ形見と小上がりで向かい合うことになった。

ふっくらした丸顔のお理恵はとびきりの美貌というわけではなかったが、大年増とは思えない、育ちの良さと童顔ならではの初々しさの持ち主であった。

薄化粧に細かな縞の木綿を清楚に着こなしている。その様子には、どこにでも居そうで探してみるといない、可愛さと賢さの絶妙な均衡が感じられた。

「仕立て物で身を立てている、三平長屋の理恵と申します。ここへは豪助さんの勧めで参りました。あつかましいかとは思ったのですが――」

落ち着いた物腰に少々の羞恥を滲ませながら、深々と頭を垂れたお理恵は、名だたる元網元佃孫右衛門の娘だと名乗らなかった。

「もう、できてるんだろ？」

豪助はちらと厨の方を窺って、

「お理恵さんに、一足早く師走飯を馳走しようと思ったのさ」

お理恵の方を見て微笑んだ。

「それなら早速――」

季蔵は三吉に目配せして、四人は鰯の照り焼き汁かけ飯の師走飯を食べることとなった。おっとりした様子のお理恵が、意外にも三吉や豪助に負けず劣らずの早食いで、どちらかといえば猫舌に近い季蔵よりも、早く食べ終えたことに気づいて、

「あら、嫌だ、〝魚で糊口を凌いでるんだから、のろのろ、もたもたするんじゃないっ〟っていうのが、おとっつぁんの口癖だったもんですから――」

幾分顔を赤らめた。

慌てた季蔵は常よりも早く丼を空にして、

「ところで祝言はいつなのです？　年が明けての梅の頃ですか？」

差し障りのないことを言ったつもりだったが、

「それが――」

お理恵は俯いてしまった。

「ま、今日日、二人だけで神社へ詣でて、うるさい祝言は抜きってえのもありだよな。俺、あんたたちの邪魔をしてたのかもしんねえ。お理恵さんが来てくれるってえのなら、俺は尚吉兄貴のとこを、今すぐにでも出るから、安心しなよ」

豪助の言葉に、

「違います、違います、そんなんじゃないんです」

お理恵はわっと泣き伏した。

――兄貴、これって？――

――うーん――

一瞬、豪助と季蔵は当惑気味の視線を交わし合った。

すると突然、

「それ、もう、相手が一緒にならないって言ってるってこと？」

三吉が口を挟んだ。

――おいおい、兄貴、どうしてくれるんだい？――

――何で三吉、よりによって、こんな時に――

二人はお理恵の方を見ていられなくなった。

「大丈夫ですよ」

顔を上げたお理恵は三吉に向かって、

「その通りよ、よく言ってくれたわね」

微笑みさえ浮かべると、

「あの男（ひと）、〝自分なんかじゃ一緒になっても幸せにできない〟の一点張り。だから当分、祝言は日延べなんです。でも、あたしはずっと待ってた自分の気持ちを通すつもりです。いつかきっと、あたしの気持ちをわかってくれると思ってます。だから、それまでまた、長く許嫁を続けようと――。大丈夫ですよ、ほんとに大丈夫」

お理恵は自分に言い聞かせるように繰り返しつつ、むせび泣いていた。

四

いよいよ師走に入り、昼時に鰯の照り焼き汁かけ飯が振る舞われるようになった。待ってましたとばかりに、師走一日から塩梅屋の前には行列ができた。

何日かすると評判を洩れ聞いた瓦版（かわらばん）屋がやってきて、今年の師走飯を腹におさめて帰り、翌々日には、鰯の照り焼き汁かけ飯が何種類もの薬味と共に挿絵に描（か）かれて瓦版に載った。

昼時の行列は、日に日に最後が見えないほど長く伸びている。

「やっぱり、こんなに気前のいいのは初めてだよ」

三吉は繰り返し感嘆していた。

尚吉のおかげで薬味が姿を消すこともなく、

「鰯は俺たちで何とかするから、どんどん食べさせてやってくれ」

客足に合わせて届けられる鰯の数は増えた。

客の中には、

「これ、家の土産にできないもんかね。かかあと子どもたちに食べさせてやりてえ」

持ち帰りたいという者も出てきた。

豪助に話すと、

「尚吉兄貴が〃何とか、願いを叶えてやってくれ〃って言ってた」

この時も届けられる鰯の数が増えた。

持ち帰りともなると、汁かけ飯にはできないので、甘辛タレをかけた飯に鰯の照り焼きを載せ、竹皮に包んで渡すことにした。まさに鰯の照り焼き飯である。

「冷めると海苔も胡麻も風味が落ちるし、沢庵ばかり匂いが際立つ。粉山椒ではなく、山葵を使うなら酢飯にしないと――」

季蔵の判断でこれには他の薬味を止めて、粉山椒だけをぱらぱらと振った。

何とこの簡素な持ち帰りまでも評判になり、またもや、瓦版屋が試食に訪れると、用意してあった竹皮や、増える鰯の数に不足はなかったが、今度は丼が足りなくなった。

そもそも塩梅屋にある丼は二十個ばかりで、特別に師走飯を振る舞うこの時季には、見知った損料屋から丼を借り受けるのが常であったが、今年に限ってはその数が間に合わず、新たな損料屋を探さなければならなくなった。

また、これだけの客をあしらうには季蔵と三吉の手だけでは到底足りず、

「そのくらいのこと、朝飯前よ」

おき玖が助っ人に名乗り出た。

亡き先代の一人娘で長く塩梅屋の看板娘だったおき玖も、今では南町奉行所同心伊沢蔵之進の新造におさまっている。

そんなある日、八ツ時（午後二時頃）が過ぎて、やっと客が途絶え、遅い賄いを季蔵たちが囲んでいると、

「お邪魔します」

お理恵が入ってきた。

「あの、持ち帰りの師走飯をお願いします」

お理恵は財布から十六文を取り出して三吉に渡そうとした。

「お理恵さんの許婚の尚吉さんにはお世話になっていますので」

季蔵は三吉とお理恵の間に入って、首を横に振った。

「ええ、でも――」

お理恵の手はまだ十六文を握ったままでいる。

「それに前にお話ししたように、あたしと尚吉さんの祝言はいつになるかわからないので

すし――そういう間柄、許婚とは言わないでしょう？」

お理恵は俯いた。

「でも、この持ち帰り、その尚吉さんとやらのためでしょう？」

おき玖が話に割って入った。

「ええ、まあ」

驚いたお理恵は顔を上げて、

「でも、どうして、あなたが尚吉さんのことを？」

おき玖に頷きつつ訊ねた。

「三吉ちゃんから聞いたのよ。この子、要らぬ口を利いてしまって、あなたを辛い気持ちにさせたんじゃないかって、悩んであたしに相談してきてたの。でも、相手に持ち帰りを届けるなんていう気持ちがあるんなら、大丈夫そうね、よかった、その意気よ」

おき玖はお理恵に明るい笑顔を向けてから、

「これ、毎日食べても飽きないって言って通ってきてくれてるお客さん、結構多いのよね。だから、お理恵さんの尚吉さんへの持ち帰り、毎日にしてあげてくれない？　これ、絶対、二人のいい絆になるわよ」

季蔵の方を見た。

――さすがお嬢さんだ、蔵之進様と夫婦になって、もともと鋭かった勘や気働きに磨きがかかったな――

「お安いご用です」

季蔵は大きく頷いた。

「男って絶対、食べ物に弱いものなのよね。だから、いいわね、お理恵さん」

おき玖に念を押され、

「は、はい」

知らずとお理恵の口元も綻んでいた。

それから、ほぼ毎日、お理恵は塩梅屋からの持ち帰りをせっせと尚吉の元へと届けた。

「尚吉さんのお気に召したかしら？」

おき玖の言葉に、

「毎日食べても飽きないとは言いませんけど、いつも、黙って、黙々と残さず食べてます」

お理恵が応えた。

さらにおき玖が、

「ほんとは飽きてて、運んでくるあなたの手前、仕方ないから食べてるんじゃない？　そういう律儀な優しさも男は持ってるものなのよ」

笑顔で突っこむと、

「そうじゃありません。尚吉さんはただ無口なだけなんです。言葉には表さなくても、この美味しくて飽きのこない味を堪能しているはずです。そうだということは、誰よりもこのあたしが知ってます」

お理恵は力み、

「ご馳走様です」

そんなお理恵に、季蔵は微笑みを向けた。

それからもお理恵は日々、尚吉に塩梅屋の鰯の照り焼き飯を運び続け、いつしか師走も半ばを過ぎた。

――まだ、来てくれないな――

季蔵は訪れた尚吉に、ただの照り焼き飯よりも美味い、汁かけ飯を食べさせるのを心待ちにしていたが、その機会はまだ巡ってきていなかった。

そんなある日の昼下がり、

「邪魔をする」

北町奉行烏谷椋十郎（からすだにりょうじゅうろう）が塩梅屋の暖簾を潜（くぐ）った。

「今年の師走飯は鰯の照り焼き汁かけ飯だと聞いている。大変な評判だ。ひとつわしにも振る舞ってくれ」

巨体に似合わぬ童顔の持ち主である烏谷は、くるくるとよく動く大きな目で季蔵を見据えた。

「これは急なおいでで――」

烏谷が塩梅屋を訪れるのはほとんど夕刻で、その日の朝または昼前に使いの者を寄越して、訪れる旨を文で伝えてくることが常であった。

「こう大騒ぎされては、腹の虫がうずいてならぬ。予め頼んでおいて、夕刻に訪れて食わせてもらうよりは、行列の客たちの熱気が残っているうちの方が、美味さも勝るのではないかとも思えてきてな」

烏谷はその体格が示しているように、人並み外れた美食家の大食漢であった。

「今すぐ離れにご用意いたします」

季蔵は相手を離れに誘った。

季蔵と烏谷は単に一膳飯屋の主と客という間柄ではなかった。

先代の長次郎から季蔵が引き継いだのは、塩梅屋と烏谷との切っても切れない縁であった。

亡き長次郎もまた、季蔵同様、元は士分で烏谷の下で隠れ者としての働きをしていたのである。

逡巡しながらもこの役目をも受け継いだ季蔵の元を烏谷が訪れるのは、料理だけが目的であろうはずもなかった。

――忙しいお奉行様が前触れもなく、ここに真っ昼間からおいでになるからには、よほど差し迫った用事があるはずだ――

承知している季蔵は、離れにかけ汁を煮立たせるための七輪を持ち込み、あつあつの師走飯を供した。

「美味かった、美味かった、満足、満足。ふうふう息を吐きつつ搔き込むのが、これの美味さの骨頂よな」

あっという間に五膳もの汁かけ飯を食べ終えた烏谷は、大きく丸く突き出た自分の腹を愛おしそうに一撫でした。

「そろそろ、お話を伺わせてください」

季蔵は脂の多い鰯料理の後には、煎茶よりもよほど合うほうじ茶を淹れた。

「市中はこのところ、安い、美味いの極み飯であるとして、塩梅屋の師走飯の話で持ちきりだ。中には一度は食べてみたいと気になりながら、果たせない輩たちもおる。まあ、そこそこ身分のある者は行列に並べまいからな。そこでだ。忙しい昼時とは言わぬ、仕込みを終えた夕刻でかまわぬゆえ、食いたくても食えない連中に、一つ、そちの師走飯を振る舞ってはくれぬかな?」

言葉だけを拾うと打診のように聞こえるが、お役目の一環であり、季蔵が断れるはずもなかった。

「わかりました」

季蔵はあっさりと承知して、

「いつ、どこへ参ったらよろしいのでしょうか？　しかし、師走飯だけの振る舞いでよろしいのでしょうか？」

相手の応えを促した。

「十六日、場所は向島にある干鰯問屋小峰屋の寮、暮れ六ツ（午後六時頃）よりの年忘れ会だ。小峰屋の主が何人かの客たちを招くのだ。師走飯だけでよいかどうかは、そちの考えることで、わしの出しゃばる幕ではなかろう」

半ば突き放すように言い切って、烏谷は立ち上がった。

五

季蔵は烏谷の命を受けて以降、日々昼餉の師走飯が一息つく頃になると、干鰯問屋小峰屋の年忘れ会の膳のことをあれこれ考え続けていた。

鰯は干鰯にするのではなく、食べるべきだと言ったという尚吉の主張が頭をよぎり、

——全く同感だ、紺屋の白袴ということもあるし、これは試してみずにはいられない——

とうとう、食用に売られている干し鰯を買い求めて、あれこれ干し鰯料理を拵えてみた。

干し鰯飯と冬向きの変わり干し鰯飯、鰯の団子汁添えである。

ちなみに干し鰯飯は、研いだ米に出汁で水加減し、酒、醤油、おろし生姜で調味して炊き上げる。焼いた干し鰯は頭と尾を取り、身をほぐして、炊きあがった飯に混ぜる。

一方の冬向きの変わり干し鰯飯、鰯の団子汁添えは、まず、長次郎直伝の鰯の団子汁から拵える。

鰯は手で頭と中骨、皮を取って身だけにし、生姜のすり下ろし、卵、醤油、片栗粉を加

えて当たり鉢で当たる。

鍋にたっぷり出汁を入れ、火にかけて沸騰してきたところに、一口大に掬った鰯の粗い擂り身を落としていく。

鰯団子が浮いてきたところで、出汁に適量の醤油と塩、臭みを取る酒を入れて調味する。最後に笹切りにした葱を加えて一煮立ちさせ、鰯のクセを独特の風味に変える。

冬向きの変わり干し鰯飯は、まずは米を研いで四半刻（約三十分）ほど水に浸し、その後水切りして笊に上げておく。その間に干し鰯を焼く。

大蒜と人参、葱の白い部分は粗微塵に切り、牛蒡は薄い輪切りにして酢水に浸けて充分に灰汁を抜いておく。干し椎茸は水で戻して千切りにする。

深い鉄鍋に胡麻油を熱し、大蒜、葱、人参、牛蒡、干し椎茸を炒め、米も入れて油が行き渡るように炒め、水加減の代わりに分量の鰯団子汁の汁を加え、表面を平らにした上に焼いた干し鰯を載せ、炊き上げる。蒸らしてから、干し鰯を取り出して、頭と尾を取り身をほぐし、鍋に戻して混ぜ合わせる。

大皿に盛りつけ、葱の青い部分を千切りにして彩りよく飾る。

各々が小皿に取り分けた後、味付けは好みで、醤油や塩、胡椒、特製ゆず酢（醤油、酢、味醂、柚子の搾り汁を合わせたもの）等を用いる。

身体の芯まで温まる鰯の団子汁を添えて供する。

出来上がった二種の干し鰯飯を前に、

――しかし、これでは鰯の照り焼き汁かけ飯同様、飯物になってしまう――

季蔵がうーんと腕組みをしかけていると、

「いつもと違う匂いだけど、とってもいい匂い、お店の外まで漂ってるわよ」

この日は手伝わずに、蔵之進のためにちゃっかり鰯の照り焼き飯だけをいただきに訪れたおき玖に、

「季蔵さん、明るく悩んでる顔だわ」

見透かされ、

「献立をどうしようかとあれこれ、半ば楽しく思い悩んでるんだと思う」

言い当てられてしまった。

「お嬢さんには敵いません」

季蔵はおき玖に干鰯問屋小峰屋の件を話した。

「相手が干鰯問屋さんだから、鰯の照り焼き汁かけ飯の他に、美味しい干し鰯料理をというのは、相手への敬意も伝わるし、いい考えだと思うわ」

おき玖は小皿を二枚用意すると、二種の干し鰯飯を移して箸を使い、団子汁は椀に盛った。

「こっちのただの干し鰯飯は鰯の旨味がぎゅっと詰まって濃厚なのにさっぱりしてて、幾らでもお代わりができる。冬向きの変わり干し鰯飯の方は、たぶん隠し味にしてる鰯の団子汁の汁の味が利いてて、塩味だけでも充分なくらいだけど、調味を変えるのが楽しくな

る遊び心があって満足、満足。ただ問題はこれらだと飯物ばかりになってしまうことだわね」

　見事に季蔵の胸中を推し量った。

「その通りです」

　季蔵は頭を搔いた。

「年忘れ会なら、お酒もすすむわよね」

　おき玖の言葉に季蔵は大きく頷いた。

「だとしたら、鰯の照り焼き汁かけ飯をお茶漬け代わりのメってことにして、それまでのつなぎは、干し鰯に拘らずに、それでも、鰯を商っている相手のために、鰯を使った美味しい肴で華を添えないと――。季蔵さんなら、鰯の肴の真骨頂、とっくの昔に極めてるはずでしょ」

「とっつぁんに教わりました。まずは鮮度が命」

　応えた季蔵は早速、毎朝、届けられてきて、まだきらきらした鱗が表面に残っている、色、艶、張りと三拍子揃った生の新鮮な鰯を、手早く手開きにして包丁を滑らせ刺身を拵え、生姜醬油を添えた。

「わっ、おとっつぁんの手妻」

　おき玖が感嘆した。

　手妻とは手を稲妻の様に素早く動かすゆえにこのように呼ばれた、奇術の総称であった。

「鰯を手開きしてから、お皿に盛りつけるまでが瞬き一つに近いのよね。それに何より美味しい――」

おき玖は箸を伸ばして、

「鰯の脂が独特の風味と一緒に舌にとろーり、鰯の臭みなんて全然無いんでびっくり。こんなに簡単なのにとびきり美味しいものは滅多にないわ。まだ小さかったあたしが尻込みしてると、親の言うことはきくもんだ、騙されたと思って食ってみろ、っておとっつぁん、きつめの言葉とは裏腹に目が優しかったな」

しみじみと味わった。

「それから――」

季蔵は竈の火を絶やさないように木片を足した。美味な鰯料理の二番手は塩焼きである。

「とっつぁんには鮮度が刺身用ほどではなくなってても、そこそこは新しい鰯を使うように教わりましたけど、今日のは刺身にもできる鰯をあえて焼くので、美味さは折紙付きです。豪助の話によると、漁師たちは獲ってすぐの鰯に浜で舌鼓を打って、空腹を満たし、漁の疲れを癒すとのことです。その際、料理人でなければ、多少手間のかかる刺身をさておいて、火を熾すだけでできるこれを、鰯の一番料理と決めているようです」

季蔵は浅めで広い鉄鍋に頭と内臓を除き、両面に塩を振りかけた鰯を並べられるだけ並べた。

「ようは今日のその塩焼きは、鰯の塩焼き漁師風ってわけね」

おき玖がなるほどと頷いた。

しゅうしゅうと身が弾けて焼ける音と共に、すぐに香ばしい匂いがたちこめてくる。

「あっ」

短く叫んだおき玖は、

「鰯の照り焼きの甘辛醤油の匂いはたまらないし、さっき入ってきた時もまた、炊き立てのご飯や加える青物なんかと混ざって、何ともいい匂いだったけど、今度のはもう金縛りに遭って身動きできなくなるほど、美味しそうな匂いだわ。あーっ」

目を閉じて鼻を蠢かせた。

「そもそも秋刀魚よりも鰯の方がのってる脂は美味いんだと、とっつぁんは言ってました。さあ、脂ごと召し上がってみてください」

季蔵は菜箸を使い、焼き上がった鉄鍋の鰯を皿に取ると、さじで底に溜まった脂をぽたりとかけておき玖に手渡した。

「脂ごとねえ」

おき玖は恐る恐る箸でほぐした鰯の身を脂に浸して食べた。

「あら、ほんとだわ、脂が少しも生臭くなくて美味しい」

おき玖は二尾、三尾と同じように食べ続け、

「わかった、わかった、鰯の脂がこんなに美味しいもんだから、それで季蔵さんは七輪の丸網では焼かずに、こうして、脂を残すよう、鉄鍋で焼くのね」

感心のため息をついた。

「ただし、鰯の脂が美味いのも身と同様、新鮮なうちだけですよ」

言い切った季蔵は、

「さて、お次はわたしが考えついたものです。もとめた干し鰯を味わい、手本にして、コツを干し魚売りに聞き、十尾ほど特別に自分で干してみました。そろそろ出来上がる頃です」

勝手口を出て行って戻ってくると、鯵の干物のような形の干し鰯を俎板の上に置いた。

またしても、鰯は肥やしにするではなく、食べるものだという、尚吉の言葉が季蔵の頭をよぎった。

――鰯料理を食べてもらう相手が、暴利を貪っているところが多いという干鰯問屋となると、どうしても、干した鰯料理を意識してしまう。これを食べて、せめて一時でもいいから、乱獲されて無下に命を奪われる鰯に頭を垂れてほしいものだ――

干し鰯は手開きして鯵のように広げた生の鰯を、四半刻ほど塩水に漬け、真水にざっと潜らせて水気を切り、風通しのいい離れの軒下に三刻弱（約六時間）ばかり吊し、一度は直射日光を当て、半日弱干して乾かすと出来上がった。

六

「干し鰯の香味焼きと名付けました」

季蔵は俎板に並べた干した鰯の開きを前に、

「風のいたずらか、こんなものが、どこからか運ばれてきて芽吹いたのです。夏には青々とした独特のよい香りを醸していましたが、どのように料理に使ったものか、見当もつかず、取りあえずは葉を干して保存していたのです」

小さな瓶の蓋を取って、おき玖の鼻に近づけた。

「そういえば、離れの前に今まで見たことのない草が生えてたわね。たしかに近づくと嗅ぎ慣れてはいないけれど、ふわーっと強い、それでもそうは悪くない匂いがしてたわ。見てくれは紫蘇に似てて、匂いはそれほど似てなかった。それと今のこれの匂い、渋味が出てて、生えてた葉の時とは少し違う気がする」

おき玖が思い出し、

「聞き回って、目の治療に使われるメボウキ（バジル）だとわかりました」

季蔵は見知らぬ草の正体を明かした。

メボウキは、その小さな黒い種を目に入れると、中の水分を吸ってまるで蛙の卵のような寒天状になるので、目に入ったゴミを取り去ることに用いられ、〝目の箒〟と名づけられた。

「とはいえ、わたしは眼医者ではありませんし、何とか、種ではなくその葉を料理に使えないものかと思い続けていたのです」

そう言った後、季蔵は小さな瓶に詰めてある、乾ききって小指の先ほどの大きさになったメボウキを指で摘まんで、さらに小さく砕きながら、ぱらぱらと干し鰯の開きの両面にかけていった。

「目薬が料理に？　そんな料理、今まで見たことも聞いたこともないわよ」

おき玖は悲鳴を上げかけたが、

「前に火腿（ハム）や阿蘭陀（オランダ）おせちに挑戦してみた時にも、メボウキ同様、渡来種で強く香るマンネンロウ（ローズマリー）を使ったことがありました」

季蔵の言葉に、

「そうだった？　干し鰯と干しメボウキ、両方とも干しだから、案外、相性はいいのかもしれないけど」

渋々頷いた。

「これを軽く漬け込みます」

季蔵は干したメボウキをたっぷり振りかけた干し鰯の開きの上に、さらに鷹（たか）の爪（つめ）の輪切りをのせ、平たくやや深めの皿に移して、全体が隠れるほどひたひたに菜種油をかけまわして一晩置いた。

翌日、遅い賄いの菜にと、季蔵はこれを深くて底がやや広めの鉄鍋でさっと焼いた。仕上げにほんの少量の極上の胡麻油を垂らす。

「わっ、メボウキと鰯がすごくいい相性。こんなにメボウキが鰯を美味しくするなんて、思ってもみなかった、意外、意外、男の人たちはお酒が止まらなくなるはずよ」

おき玖はことさらはしゃぎ、

「おいらは鰯の丸干しで拵えたのも好きだよ。開きの方がお上品であっさりしてるけど、丸干しだと食った気がする」

三吉がぼそりと呟くと、

「何、それ？ 季蔵さん、その丸干しっていうのもあたしに味わわせてちょうだい」

おき玖はさらに目を輝かせた。

笑顔で頷いた季蔵は朝、作り置いたもう一つの方が入った浅めの鉢をおき玖に勧めた。

「同じ干し鰯でも、開きではなく、丸干しの方が腹に水気が溜まるなどして、乾きにくいので先に仕上がるように拵えたのです。開きに比べて、焼くのも少し時がかかりますし、熱で香りが飛びやすいメボウキではなく、熱で香りが損なわれないマンネンロウを使いました。胡麻油もやや多目に垂らします。箸ではなく、手で摘まんで召し上がっていただくのも一興です」

「楽しみ――」

勢い込んでおき玖は手を伸ばした。

「こっちは小骨が残ってる丸干しだけあって味が深い。考えてみれは、開きもこれも、鰯の脂と菜種油、仕上げの胡麻油の三種の脂と油が贅沢に混ぜ合わさってるのよね。脂と油が互いに引き立て合ってるって、はっきりわかるのは丸干しの方だと思う。小骨も脂と油が醸し出す絶妙な風味に一役買ってるんだわね」

　おき玖は大満足でため息をついた後、三吉に硯箱と紙を持ってこさせて以下のように書き付けた。

　干鰯問屋小峰屋様　年忘れ会お品書き〝鰯の極み味〟
　鰯の香味焼き二種
　鰯の団子汁
　鰯のお造り
　鰯の塩焼き
　鰯の照り焼き汁かけ飯

「手開きで当たり棒だけを使い、包丁は決して使わない鰯の団子汁はおとっつぁん自慢の味だから、どうか、外さないでほしいのよ。その際、くれぐれもメにお出しするんじゃなく、椀物代わりにしてちょうだい」

　おき玖は季蔵に向かって頼み、

「へえ、酢の物や煮たり、揚げたりがなくて、常の品書きと違うんだね」

　三吉が首をかしげると、

「生姜汁と甘酢で和える鰯の酢の物や、醤油と味醂、砂糖、酒で甘辛く煮た鰯、鰯の天麩羅は常に美味いが、当たり前すぎて極み味とは言えない。どれもやや鮮度の落ちた鰯を使った料理だというのも気にかかる。今回は年忘れの酒宴にふさわしい極み味で勝負したい。お嬢さん、ご指南ありがとうございました」

季蔵は深々と頭を垂れた。


いよいよ、師走も十六日が来て、食材の入った行李を背負った季蔵は向島の小峰屋の寮へと向かった。

刻限近くになると、

「皆様もお集まりのことですし、ぼちぼち始めてください」

白髪頭の大番頭が厨に詰めている季蔵に声を掛けてきた。

「はい、只今」

季蔵は早速、まずは酒と鰯の香味焼き二種の皿がのった膳を運ぶよう、小峰屋の手伝いの者たちに指示した。

季蔵自身は膳を運ぶ者たちの後について、廊下を進み、控えの間に入り襖の前に座ると端をほんの少し開け、客たちの様子をじっくりと見た。

——人数は四人と聞いていたが、三人しかいない——

「さて、皆様に挨拶をしていただきましょうか」

——この男が小峰屋の主、忠兵衛だな——

小さな囁くような声や礼儀正しい物言いに反して、天狗のような大きな鼻が特徴的な忠兵衛は、大きな身体を縮こめるようにして座っていた。

「今更という気もするがいいだろう」

横柄な言葉使いで頷いた男は小柄で、目も鼻も口も人並み外れて小さい。全体に感情があらわれにくい顔で眉も薄い。色が白く、世に言われている公家顔とはこのようではないかと思われた。鬢に白いものが目立ちさえしなければ、年齢まで不明であろうか。

「尚吉さん、こちらが網元の史郎右衛門様ですよ」

忠兵衛が下座から二番目に座っている男を見た。

──尚吉さんだと？──

季蔵はそう呼ばれた相手を見た。

太い眉によく光る、切れ長の目に、やや太目の長すぎない鼻筋はよく通り、厚めの唇は引き締まっていて、鰓さえこれほど張り出ていなければ相当な美形で通る男だった。

──だが、その鰓がいい。薄っぺらな男前ではない、強靭な意志が感じられる──

「尚吉さん、史郎右衛門様にご挨拶を」

忠兵衛が促すと、尚吉は無言で深く頭を下げた。

「ふん」

史郎右衛門が不機嫌を露わにして、

「尚吉さん」

忠兵衛がしどろもどろになっていると、

「遅れました、すみません、本当に申しわけございません」

男の声とばたばたと廊下を走る音が聞こえた。男は客間に駆け込むと、空いている最下座の座布団に座った。尚吉よりもやや若く、中背で肉付きのいい男だった。

「これは余次郎さん」

忠兵衛の乞うような視線を向けられた余次郎は、でっぷりした様子とは裏腹のなかなか真似のできない察しの良さで、

「兄貴、またやってくれましたね」

尚吉を咎めるように一瞥した後、

「旦那様には再三、申し上げておりました通り、尚吉兄貴のだんまりは年季が入ってるんですよ。一説には生まれて、おぎゃあとも泣かなかったなんて話もあります。そうなりゃ、いわば生まれついての病です。金輪際、相手が誰でも治りゃしないんです。とはいえ、わたしさえこうして遅れなければ、お二人を不興になどさせなかったことと思います。旦那様、忠兵衛様、この通りです、このたびのこと、わたしに免じてお許しください」

余次郎は畳の上にへばりつくようにして詫びた。

「まあまあ、余次郎さん、頭をお上げください。史郎右衛門さんの右腕と言われているあなたに、いつまでも、そのような姿をさせておくわけにはいきません」

とりなした忠兵衛は額に冷や汗を浮かべながら、史郎右衛門と余次郎に酌をするために中腰になった。

「網元、史郎右衛門様には代々お世話になってきました。いくら感謝しても足りないほどです」

史郎右衛門は酌をされるままにのけぞりながら、一方的に忠兵衛に差された盃を飲み干している。

七

余次郎は盃（さかずき）を飲み干すと忠兵衛に返杯したが、その後は手酌である。

――この席の主は網元の史郎右衛門だな――

身分が厳しく世襲される網元と網子の関係は、地主と小作人の関係に近く、これよりは緩いものの、獲った魚を干鰯や魚油、〆粕（しめかす）などに加工して問屋に売る網付商人という者たちもいた。彼らは網元の有する原料を一人占めできる代わりに、網元指定の問屋のみとしか取引ができない場合が多々あった。まさに網元の独占組織である。

「子をなさず亡くなってしまったとはいえ、先代の最初の女房は史郎右衛門様のご縁続きの方で、京のお公家様との血縁があったと聞いています。ということは、わたくしどもの主であり祖は網元、史郎右衛門様でもあるのです」

忠兵衛が史郎右衛門に世辞を畳みかけると、口を挟んだ余次郎が、

「わたしは網子頭として、網元の下で働かせていただいています。血縁こそありませんが、史郎右衛門様を海の父とも慕い敬っております。それはきっと、ご繁昌（はんじょう）で飛ぶ鳥を落とす

勢いの干鰯問屋小峰屋さんも同じでしょう。網元なくして、わたしたちは生きてはこられなかったはずなのですから――」

横柄な主に向けて頭を垂れた。

「わしの家は徳川の世の長さに次いで長く、上様のお膝元の漁を仕切ってきている」

言い放った史郎右衛門は目を細めた。

漁場の独占を主とする漁業権で漁村を支配するのも網元であった。力のある網元は村役人や神社と関わって、政や商い、祭祀等までも支配できた。

――そうか、史郎右衛門さんは孫右衛門さんに次いで二番手だったのだな。しかし、それは権現様の命で一番乗りした孫右衛門さんが、あんなことになっていなければの話だろう――

季蔵は思わず、尚吉の方を見た。

手酌で飲んでいた尚吉は、開いた干し鰯の香味焼きを一尾食すと、切れ長の目の端をきらっと一度だけ光らせ、次に摘まんだ丸干しを齧る際には、ぽりかりっと音を立てつつ、きらきらと繰り返し瞳を光らせた。

この音に気づいた三人が話を止めた。一瞬、その場の空気が凍りついた。

「尚吉さん」

余次郎の口調は前にも増して非難じみてきた。

「だからこそ、今、尚吉さんなのですよ」

忠兵衛が巧みに話を繋げた。

「たしかにそうでした」

余次郎はまたしても、額に噴き出してきた冷や汗を手の甲で拭って、

「尚吉さんは腕のいい船頭です。昔も今も尚吉さんの右に出る者はこの江戸にいません」

主史郎右衛門に向かって、さらに顔中、汗だくにしながらもきっぱりと言い切った。

「その通り、その通りですよ」

忠兵衛が追従すると、

「わかっておる。船頭が漁の要で、たとえ他の網元と争っても船頭という名の宝は手に入れろと、代々伝えられてきているからな。だが、いいか、くれぐれも思い上がるではないぞ。わしはただの網元ではない、それだけは心せよ」

史郎右衛門は尚吉の方へ能面のような顔を向けて釘を刺すと、

「次の料理はまだか？」

大袈裟にまた鼻を鳴らした。

それから、通夜のような静けさの中で四人は鰯の団子汁、お造り、塩焼きに黙々と箸を動かした。

〆は鰯の照り焼き汁かけ飯だったが、

「ちょいとわたしは腹がいっぱいで」

忠兵衛が腹を押さえて顔をしかめたが、

「わしは食うぞ。こんなに美味い鰯料理を食べたのは初めてだ」

史郎右衛門の言葉にびくりとすると、

「お気に召していただいて何よりです」

膳の上の丼を抱え持って、口が漏斗(じょうご)にでもなったかのように汁かけ飯を掻き込んだ。

――やはりこの会は、師走飯を食したいと望んでいた、史郎右衛門さんのご機嫌伺いだったのだな。干鰯問屋の小峰屋忠兵衛さんが会を催す気持ちはわかるが、どうして尚吉さんまで？　話の流れから察して、史郎右衛門さんは尚吉さんを船頭として迎える心づもりのようだったが――

季蔵はずっと無言を続けている尚吉の目を見ていた。

尚吉の瞳の煌(きら)めきは絶えることがなく、鰯の照り焼き汁かけ飯を食べ終えるまで、きらきらと輝き続けた。

――先ほどの史郎右衛門さんの半ば脅しめいた言葉にさえも、全く動じていなかった尚吉さんが、わたしの鰯料理にこれほど感嘆してくれたとは――

季蔵はうれしかった。

時が来て、全く盛り上がらなかった会はお開きとなり、季蔵が持ち帰り用の鰯の照り焼き飯を土産に包んで四人に渡そうとすると、

「気が利くじゃないか。これもなかなかの評判だ」

史郎右衛門はこの夜、初めて口元を綻ばせ、忠兵衛と余次郎も倣って笑ったが、尚吉一

人は一度は手にはしたものの、厨まで来て、

「もう、充分、いただいておりますので結構です」

返して行った。

この時、季蔵は、

──充分いただいているとは、毎日、お理恵さんに持たせる鰯の照り焼き飯の礼を言っているのだ──

尚吉の実直さが好ましい反面、

──結構ですとは、もうお理恵さんに持たせないでくれという意味なのか、明日もお理恵さんが届けてくれるからなのか──

多少気が揉めていると、

「茶をくれないか」

史郎右衛門を送った忠兵衛に呼ばれた。

「はい、只今」

「見送りの時が長く寒さが身に染みている。熱いのを頼む」

「それではいっそ燗酒の方がよろしいのでは？」

「それもそうだな。余次郎さんも残っているから盃は二つで」

「すぐにお持ちいたします」

「そうそう、最初に出てきた鰯の珍しい肴も頼む。丸干しの方がいい」

こうして季蔵は酒と肴を振る舞った後、控の間に入り、忠兵衛と余次郎の話に耳をそばだてた。

「やれやれですな」

忠兵衛がため息をついた。

「まあ、いつもの網元ですよ。あの方ときたら、駕籠に乗って帰る時も、駕籠舁きたちに命じて、見送るわたしたちの姿を見続けるのですから。早くに家の中に入って姿を消そうものでしたら、口先ばかりで忠義心が足りないと、親の仇でも見つけたかのようなたいそうな怒りようです」

「たまりませんな。今更ながら、あなたの苦労がよくわかりました」

「ただし、あのうるさい御仁にもぽっかり抜け落ちている穴がありますから」

余次郎は声を落とした。

「それが我らに幸いしているというもの――」

忠兵衛の声も低くくぐもって、切れ切れに、四だの、七だのという数の後に、しろわけまでという言葉が聞こえてきた。

――二人が結託して史郎右衛門の目を欺いていることはわかったが、何をどうしているのか、残念ながら、皆目、見当がつかない――

それから何日かしていよいよ今年も残り少なくなり、大晦日と正月が近づいてきていた。塩梅屋の師走飯は二十九日まで続けられる。

　師走飯を供している間はどうしても遅くなり、季蔵が八ツを過ぎた頃、三吉を急かして
この日の仕込みをしていると、

「邪魔するよ」

　聞き慣れた声がして、戸口から岡っ引きの松次と北町奉行所定町廻り同心の田端が入っ
てきた。

「とにかく、座らせてくれや」

　二人は浮かない顔で床几に腰かけ、三吉はすかさず、田端には冬でも湯呑みの冷や酒を、
下戸の松次には甘酒を運んだ。

「師走飯しかございませんが」

　田端の酒に肴は要らないが、肴を飯の菜にしてしまう松次はたいした食通である。

「まあ、朝から食ってねえにしては、どういうわけか、たいして腹は空いてねえんだ。こ
の辺りが重くてさ」

　松次は腹ではなく、胸に手を当てて、

「皆が並んでまでして食いたがってる師走飯なら、何とか食えるかもしんねえ」

　ふと呟き、

「まあ、一つ召し上がってみてください」

　季蔵は松次のために三吉にかけ汁の出汁をとらせ、鰯の照り焼きを焼き始めた。

第二話　香り春菊

一

箸を取った松次は食が進まないのを嘆いたことなどどこ吹く風で、勢いよく師走飯を掻き込み、田端はただ黙々と冷や酒を呷り続けた。

それでも松次は、

「まあ、今日はこのくらいにしとこう」

常になくお代わりを二回で止めた。

頃合いを見計らって、

「何かございましたか？」

季蔵は二人の顔を代わる代わる見た。

「聞けば誰でも堪える話さ」

松次はまた暗い顔に戻り、田端は引き続き無言であった。

――よほど、救いのない話なのだろうか？――

「堪えてもいいのなら話すぜ」

——それでいて、お二人とも、捌け口のない怒りに似た思いを胸に溜めている。おそらく、わたしも堪えるだろうが、このままでは気になる——

「お願いします」

季蔵が促すと、

「女が殺された。抜け荷の大罪で十年ほど前に打ち首になった、江戸一だった網元孫右衛門の一人娘で名は理恵。お理恵は連座の罪を許される代わりに、着の身着のままで家から放り出された後、長屋に住んで仕立て物をして、つましく暮らしていた。たとえ世間に後ろ指を差されることがあっても、決して怯まず懸命に生きていたのだ」

田端がこの日初めて口を開き、いつになく、やや感傷的に、殺されたお理恵の身の上について話した。

「こいつはまさに神も仏もねえってえ話だよ、たまんねえ、ったく」

松次は振り下ろす相手のない拳を頭上にかざした。

——あのお理恵さんが——

一瞬、季蔵は息を止め、

「本当ですか？」

思わず念を押すと、

「おや、知り合いかい？　あんた、十年前はここにいたかな？」

松次の金壺眼がすぼまった。

――とにかく、落ち着かなくては――

咄嗟に季蔵は首を横に振り、

「孫右衛門さんとその娘さんの一件が、いつだったたか、お客さんたちの口の端に上って、それで覚えていたのだと思います」

平静を装ってさらりと受け流すと、

「下手人の目安は？」

松次の方を見た。

「殺され方は今、市中を騒がせてる、祝言を目前に控えた女たちが拐かされて、殺されるってえ事件に似てる――」

――酷くも首を絞められたのだな――

季蔵が察すると、

「川辺で見つかった骸がそろそろ番屋に着く頃だ。何としても下手人は捕らえる」

田端が断じて立ち上がり、松次が倣った。

「わたしにもお手伝いさせてください」

季蔵は前垂れと襷を外して、二人の後を追った。

腰高障子を引いて番屋に入ると、土間の薄暗がりの中に、筵が掛けられた骸が横たえられていた。

手を合わせて瞑目してから筵をめくった。

――これは――

季蔵は目を逸らしたくなるのを堪えた。

骸のお理恵は腰巻き一つで、首の赤い筋に目がいく前に、全身に付けられている無数の切り傷が何とも無残で痛ましかった。

とても顔の表情までは見ることなどできはしなかった。

――短刀による折檻とは酷すぎる――

「気分が悪くなったんじゃねえのかい？」

松次が案じた。

「大丈夫です」

季蔵は知らずと歯を食いしばり、

「祝言前に殺された女の人たちは皆、こんな風だったのですか？」

田端に訊かずにはいられなかった。

頷いた田端は、

「祝言の日取りまで決まっていた女たちが二人続けて殺されたというだけで、市中はあれほどの大騒ぎだ。娘たちの哀れな骸にこのような酷い折檻が加えられていたと知ったら、年頃の娘を持つ親たちは心配が度外れに昂じる。娘に習い事を休ませて部屋に閉じ込めたりしかねないのはまだしも、果ては、瓦版屋の後押しもあって、奉行所への不審が募って膨れ上がる。それが親たちだけではなく、市中全体に広がって、女におかしなことを強いるという噂のあいつが怪しい、小刀ばかり買い集めているこいつが下手人だと密訴が絶えなくなる。風評や行きがかりで罪無き者が死罪になってしまい、真の下手人が罪を逃れるようなことがあってはならぬゆえ、娘たちの死の因だけを公にするようにというのが、お奉行様からのお達しだった」

烏谷の胸中を話した。

「それで今まで田端様も松次親分も、わたしにその事件について話されなかったのですね」

――なるほど。多少、おかしいとは思っていたが、ここまでのことが案じられていたとは――。二人がわたしに話してくれなかったのは得心がいくが、お奉行様はなにゆえ、何もおっしゃらず、わたしに調べを命じられないのだろう？　もしや、この一件については何を調べてよいのか、わからぬほど、お奉行様は悩んでおられるのやもしれぬ――

季蔵は烏谷が苦悩する姿を目に浮かべようとしたが、代わりに浮かんできたのは、無邪気に酒や料理を堪能しつつ、大きな目を油断なくぐるぐると動かす仕種であった。

――違うな、お奉行様は実は何もかも承知でわたしにまだ、何も命じられないだけだ。そのうち、きっと。ただし、これだけ深慮されているとなると――

その時は、さぞかし困難を極める役目が降って湧くことだろうと、季蔵は寒さのせいばかりではなく少々背筋が冷たくなった。

　この後、奉行所付きの医者が呼ばれてきた。

　坊主頭に生えてきた白い産毛が、染めている黒い髭と不似合いな年配の医者は、骸に向かって両手を合わせ、

「腰巻きの中を確かめます。よろしいな」

　三人の男たちにしばし後ろを向かせた後、

「はい、結構」

　腰巻きの紐を結び直したところで声を掛けた。

「骸の様子を頼む」

　田端の言葉に、

「骸は生きている時に、短刀とか匕首のような刃の短い物で全二十五箇所を刺されています。死をもたらしたのは紐で、麻縄ほど太くはありませんがそれが何かまではわかりません。前二件同様、犯された痕はありません。これがせめての救いといえば救いでしょうな」

　顔色一つ変えずに淡々と告げて、

「これでお役目を終わらせていただきます」

　骸検めに年季の入った老医は番屋を出て行った。

　ここで初めて季蔵は骸の顔を見ることができた。

　お理恵の顔は首を絞められた時の苦悶で歪んではいなかった。首の赤い筋さえ見えなけ

れば眠っているようにさえ見える。

――どんな死者でもその顔は時が経つと、なぜか穏やかなものに変わる。これもまた、救いにはなる――


「これで前二件とつながった。下手人は奉行所を嘲笑い続けている、断じて許せん」

田端は眉間に皺を刻んで大声を上げた。

「前二人について記したものはありませんか？」

季蔵は訊かずにはいられなかった。

「それならあそこだ」

田端の視線が土間を上がった板敷に向けられた。

「見せていただいてよろしいでしょうか？」

田端は頷き、季蔵は板敷に上がると、〝番屋控え〟と書かれた表紙の綴りを探してめくった。

それに記されていた前の二件については以下のようにあった。

小間物屋井野屋の娘　藤
霜月三日、店の品を届けに出て戻らず、十日桜の名所の柳原の土手にて、早朝、通りかかった駕籠舁きが骸を見つけた。生きている時の折檻と思われる刺し傷十八箇所、腰巻きのみ着用、陵辱痕なし。甲斐甲斐しく親の手伝いをしている姿を見初められて、両国一の米問屋の跡取り息子との結納が整ったばかり。額に藁が付いていた。

料理屋ひさごの女将　智代

師走五日、寄り合いに出ると告げて店を出て帰らず、紅葉の名所で今は葉が落ちている浅草の正燈寺の境内にて、掃除をしていた修行僧たちが骸を見つけた。生きている時の折檻と思われる刺し傷三十箇所、腰巻きのみ着用、陵辱痕なし。大年増ながら美貌で知られ、近く、寡夫になった幼馴染みと添うことになっていた。唇に藁を一本挟んでいた。

目を通した季蔵は再度お理恵の顔を凝視した。顔のどこにも藁は付いていない。

感情を殺して仔細に調べていくと、島田に結った髪の上に藁を二、三本見つけることができた。

季蔵がこの事実を告げると、

「なるほど。となると、下手人との関わりで唯一、違っているのは傷の数だ」

田端が断じた。

すでに二人も板敷に上がっている。

――たしかお理恵さんの年齢は二十五だった――

「お藤さんは十八箇所、智代さんは三十箇所、今回のお理恵さんは二十五箇所です。もしや、これは年齢を示しているのではないかと――」

季蔵が思いつくままを口にすると、

「そこには書かれていなかったがその通りだ」

田端は大きく頷いた。

二

「何でよりによって、下手人は刺す数を女たちの年齢に合わせたんだい？」

松次は季蔵を見据えて訊いた。

「これはわたしの勝手な思い込みかもしれませんが、下手人には年齢への拘(こだわ)りがあって、たとえば年齢を重ねるほどに、その罪が増えるとでも思い込んでいるのではないかと」

「まあ、たしかに赤子の目は清水のように澄んでるが、大人の目はどぶ川よろしく濁りきってるとはよく言うわな」

松次は首を縦に振った。

「殺され続けているのが女子(おなご)ばかりなので、下手人のそんな思い込みは女子にだけ向けられているとも言えます」

季蔵が言い切ると、

「となると、下手人は殺すのが目的ではなく、いたぶるために掠(さら)って、口封じのために殺したのか？」

田端の目が怒った。

「前二人の時のことは書かれていないので分かりませんが、首を絞めたこの痕は、わずかにずれて広がっています。下手人は最後までいたぶり続けつつ、口封じしたのではないでしょうか？」

季蔵はお理恵の首の赤い筋を指差した。

「何ってぇ奴なんだ、ああ、もう、とことんむかついてきたぜ。お縄にする時は、首にきっちり縄を巻いて、思いきり引きずり廻してやりてえもんだ」

松次が悲鳴に似た怒声を上げた。

「気になっていることが一つあります、是非教えてください」

季蔵は松次と田端を交互に見た。

「何だい？」

松次の目がやや警戒した。

「ほとんど何も身につけていなかったにもかかわらず、この骸が元網元孫右衛門の娘お理恵さんだとわかったのはどうしてなのでしょうか？」

「それなら、これだ」

田端が片袖を振ると、女物の赤い守り袋が出てきた。

「中に出自が書かれた札が入っていて、骸の胸の上に置かれていた」

「下手人の仕業ですね」

季蔵が念を押すと田端は口惜しそうに頷き、松次が先を続けた。

「前の二人も同様さ。ただ、守り袋じゃあなかった。お藤の方はこれとまるで同じだが、智代の方は掠われた時、守り袋を身につけちゃいなかったんだろう、〝料理屋ひさご、智代〟と書いた紙が握らされていた」

「すると、下手人はどうしても、これらの殺した相手の素性を伝えたかったのですね――」

季蔵が呟くと、

「それゆえ、これは奉行所への、ひいてはお上への果たし状のようなものなのだ」

またしても田端は大きな声で目を怒らせた。

「畜生、馬鹿にするにもほどがあるぜ」

松次は拳を固く握りしめた。

「おそらく下手人は行き当たりばったりに掠った女たちに年齢を訊いて、刺し傷の数を決めたのではなく、もっと前から調べて相手のことを知り尽くしていたのではないかと思います」

季蔵は烏谷に感じる怖れとは異なる、骨の髄まで凍りつくような寒気を感じた。

――これは強敵だ――

ずっと長く忘れていた感覚で、前にも感じたことがあるような気がしたが、それがいつのことだったか、何だったか、季蔵にはまだ思い出せずにいた。

店に戻ると豪助が待っていた。

「兄貴と二人だけで」

豪助が言い出し、察した季蔵は、

「仕込みの続きを頼むぞ」

三吉に言い置くと離れへと向かった。

――今晩は鰯の極み味に決めておいてよかった――

鰯の香味焼き二種や、鰯の団子汁、鰯のお造り、鰯の塩焼きに、鰯の照り焼き汁かけ飯、持ち帰りの鰯の照り焼き飯付きという、小峰屋で披露した献立は、夕刻に訪れる客たちにも人気を呼んでいる。

「番太郎と顔見知りでさ、それでお理恵さんのこと――」

絶句した豪助に、

「早いな、俺は田端様、松次親分から聞いたばかりだ」

「尚吉兄貴は、いなくなった三日前から探しまわってた」

――今から三日前といえば、向島の小峰屋の会があってから七日後だ――

「俺、今日からおしんのところへ戻ることにした。尚吉兄貴ときたら、お理恵さんが殺されたってぇのに、骸を引き取ろうとしねえんだよ。明日、明後日は通夜や野辺送りがあるだろうって言っても、〝通夜や野辺送りなぞ知ったことか、明日も明後日も漁だ〟ってさ。そりゃあ、あんまりで俺は供養のために休むって言ったら、尚吉兄貴は何て応えたと思う？〝勝手にしろ、おまえが当てにならないんなら、他に相棒を雇う〟だとさ。俺、とことん、尚吉兄貴って人がわかんなくなったよ。おしんが尚吉兄貴のこと嫌ったのも、今じゃ、わかるような気がする。薄情すぎるもの——」

「ちょっと待て。尚吉さんはいなくなったお理恵さんを探し続けてたのだろう？」

「うん。最初(はな)っから奉行所なぞは信じてねえから、届けは出さず、毎日、漁に出て戻ってくる昼前から、すっかり陽(ひ)が沈むまで必死に探してたよ」

「ならば薄情とは言えないぞ」

季蔵は小峰屋の会でたとえ誹(そし)りを受けようとも、頑として一言も発せず、誰よりも鰯の極み味を堪能していた尚吉のきらきらと光の滲(にじ)んだ目を思いだしていた。

——あの目はまるで、食われる鰯に心から礼を言っているようにも見えた——

「そういや、尚吉兄貴、毎日、浜にここの師走飯を届けてきてたお理恵さんのこと、とっても案じてた。〝もう、いい加減、こんなこと止めてくださいよ、お嬢さん〟なんて言いながら、真っ昼間だってえのにお理恵さんを長屋まで送ってった。俺、〝よっ、ご両人、こんなことするぐらいなら、早く夫婦(めおと)になんなよ〟って、冷やかしたかったけど、正直、尚吉兄貴って、そんな戯(ざ)れ言(ごと)言える相手じゃねえから控えてた。たしかに兄貴の言う通り、尚吉兄貴は薄情じゃないよな」

　豪助は尚吉への怒りをおさめた。

——尚吉さんは優しい男だ——

季蔵は確信している。

「でもさ、そうなると、どうして、お理恵さんの供養をしようとしないのかな。元は江戸一の網元の娘だったとはいえ、孫右衛門さんの一件で、もともと少なかった親戚（しんせき）は離散。今のお理恵さんは一人の身寄りもねえ身の上なんだよ。尚吉兄貴をおいて他に供養ができる奴なんて、江戸広しともいやしねえんだよ」

　豪助は思い詰めた面持ちで、

「一つ、ここはおしんに頼んでみるとするか。ああ、でも、〝あの尚吉さんが供養しないで、何であたしが顔も見たことのないお理恵さんって女（ひと）のお通夜や野辺送りを、うちでやんなきゃなんないのよ？　あんたとお理恵さんどういう仲なの〟なんって、言い出すかもしんねえな」

「あり得る成り行きだ、止めとけ」

　季蔵はおしんの小さな目も鼻も口もすーっと顔の肉に埋まって見える、あははと楽しげな大声を出す独特の大笑いを思い浮かべた。

──女には珍しい、豪放磊落（ごうほうらいらく）にさえ見えるあの笑いには、実は常に日々の憤懣（ふんまん）が澱（よど）んで溜まっているのかもしれない──

「住んでた長屋の連中も何とかしてやりてえとは思ってるようだけど、なにぶん、せちがらい年の瀬だからねえ。みんな銭だけじゃなしに時まで惜しんで働いてる」

「たしかにそうだな」

　それゆえ、例年、心も身体（からだ）も懐も癒（いや）す、儲（もう）け度外視の師走飯が人気を呼ぶのである。

「でも、江戸一の網元の娘だったんだぜ。孫右衛門さんが生きてて、元のままだったら、お奉行様たちだって、供養に足を運ぶような家柄なんだ。それがこのままだと、お理恵さんの骸は行き倒れの人たちと同じ塚に放り込まれちまう。これじゃ、あんまりだよ、切なすぎる」

――こうなったら仕方がない、乗りかかった舟だ――

季蔵は先代長次郎（ちょうじろう）ならこの場をどうするかと考えて、

「よし、お理恵さんの供養は、わたしが、この塩梅屋（あんばいや）が引き受ける」

やや声を張った。

「二十九日まで師走飯を出すのが塩梅屋流だろ？　まだ日があるぜ。どうするんだよ？」

「師走飯は明日の昼までとして、あとの二日は事情を記した紙を戸口に貼（は）って勘弁してもらおうと思う。その代わり、明日の通夜には、誰でも線香を上げられて、通夜振る舞いも十分に供するようにしようと思う。瓦版屋も呼んで大いに役立ってもらおう。元網元孫右衛門さんを知っている人たちはまだ多く、その娘さんの通夜や野辺送りが行われるともなれば、ここへ足を運んで供養してくれる人も数多いはずだ」

「なるほど、さすが兄貴だ」

ほっと安堵（あんど）して豪助が立ち上がると、

「これからどうするんだ？」

季蔵は訊いた。

「こうなると、おしんのところへ戻ることもなくなったけど――」

豪助は背を向けたまま呟いた。

「しばらく離れていた善太の顔を見たいだろう。とにかく、汐時なのだから、もうこれ以上、意地を張らずに、おしんさんのところへ帰って、黙って頭を下げろよ、いいな」

季蔵はその背中に向かって諭すのも忘れなかった。

三

豪助が店を出て行くと、季蔵は籠を手にして裏庭へと向かった。夏にはメボウキが根を下ろしていた、そこそこ日当たりのいい場所に四方を襖で囲った一角が出来ていた。中には青々とした草が茂っている。

これは勝手に育ったメボウキとは違って、季蔵が青物の少ない冬場にと良効堂の主から種を譲り受け、寒風や霜を避けて丹精してきた春菊であった。

良効堂の主佐右衛門は先代長次郎からつきあいのある薬種問屋で、市中にあっては広大な薬草園を、先祖代々、店に隣接して受け継いできていることで知られている。

「冬場に春の香りが感じられる青物が欲しいものです」

季蔵がふと洩らした時、

「それなら、春菊を植えられてはどうです？　応仁の乱の後にはすでに食用に育てられていて、『農業全書』や『菜譜』にその名が書かれています。また、上方では菊菜と言われていて、菊に似た葉に特有の香りと風味を持っています。鍋物、お浸し、天麩羅等、料理での使い勝手もよく、重宝ですよ。青物屋が扱わないのは摘み取ってからの日持ちがしないからです。春にはやはり菊に似た黄色い花も咲きますが、その頃の春菊の葉や茎は固くなってしまって、美味しくありません。とにもかくにも美味しい上に身体にも大変よろしい青物です。ちなみに風邪に罹りにくくなったり、気持ちを寛がせ、生まれつき身体の弱い人の食欲を増させ、胃の腑を保護し、乾いたこの時季に多い咳に効能があるといわれています。まさに冬場ならではの青物が春菊です。是非とも育てて沢山使ってみてください」

と言って、佐右衛門が三種の春菊の種を分けてくれたのである。

三種の種は、それぞれ、葉の切れ込みの浅い大葉種、切れ込みの深い中葉種、葉が細めで切れ込みが深い小葉種に分かれていた。

「香りが弱めで柔らかく味にクセがない大葉種は南国で育つので南風春菊、香りが強く野生のものが多い小葉種を野草春菊、その中間ぐらいの大きさの切れ込みの中葉種を江戸っ子春菊と、勝手に名付けました」

佐右衛門は付け加えた。

季蔵は囲ってある襖の一枚を取り除けると、屈み込んで七寸弱（約二十センチ）ほどに伸びた春菊の葉を摘み取り始めた。

季蔵がこうして、春菊を摘むのは初めてではない。

誰でも、どこでも、この寒い今時分には鍋が欠かせなかった。

軍鶏を醤油、酒、味醂で煮て、粉山椒を振って食べる軍鶏鍋は、軍鶏鍋屋の独壇場だが、鶏肉を軍鶏と限定するゆえに高い。

本来、雄の闘争心が並外れている軍鶏は、戦いのためにさらに改良されて、腿や胸のしまった筋肉には独特の歯応えと得も言われぬ深い旨味が備わっている。

ただし、闘争心が強すぎるので雄鶏同士の殺し合いが絶えず、沢山の数を飼育することが不可能であるとなると、当然、軍鶏は貴重であった。

季蔵はこの時季に限らず、

「何でも、このところ、鶏が余ってるんだって」

鶏屋の主に可愛がられている三吉がそう言ってくると、

「それでは、今夜は塩梅屋流軍鶏鍋風といこう」

迷わずにその余った鶏をもとめた。もちろん軍鶏ではあり得ない。

塩梅屋流軍鶏鍋風は仕入れた鶏を微塵に叩いて団子にするのが秘訣であった。

軍鶏の肉質が固くて苦手だったり、旨味が臭みだと感じられたりする軍鶏嫌いの客だけではなく、軍鶏鍋も塩梅屋流軍鶏鍋風も美味いものは美味いと喜んでくれる客もいた。

そしてこの塩梅屋流軍鶏鍋風に香りがそこそこ強く、葉もそうは小さくない中葉種、江戸っ子春菊を葱の代わりに鶏団子と合わせていたのである。

「ほう、鍋の中だけは春が来たね、葱を入れる軍鶏鍋は男の味だが、こっちは何とも色っぽい女の味だよ、いいね、いいね、極楽、極楽」

先代の頃からの馴染み客である、食通を自任している履物屋の隠居喜平はたいそう気に入ってべた褒めしてくれていた。

今回は通夜振る舞いとあって、生臭物である鶏肉は使えない。

季蔵は育てた三種の春菊を使っての精進料理を試みようとしていた。

江戸っ子春菊から摘んでいく。

ちなみに中葉種の春菊には株立ち型と株張り型とがあり、佐右衛門が名付けた江戸っ子春菊は、株立ち型であり、伸びた茎葉を順次摘み取る。

一方、株張り型は茎があまり伸びないので、株ごと抜き取る。

「株張り型は上方に多いので上方春菊と命名すべきかもしれませんが、あいにくこの種までは持ち合わせていません。これも中葉種に変わりはありませんから、葉の切れ込みが株立ち型より浅めで丸みを帯びてはいても、香りや風味はほぼ江戸っ子春菊と同じです」

佐右衛門は丁寧にここまで説明してくれていた。

季蔵が塩梅屋流軍鶏鍋風で使い慣れている江戸っ子春菊を前にしていると、

「もしかして、お理恵さんって女のお通夜の振る舞いは裏庭の春菊尽くしってこと？」

三吉が恐る恐る訊いてきた。

「そのつもりだ」

「春菊かあ――」

三吉は語尾を引いた。

「好きではなさそうだな」

「あの菊とよく似た匂い、おいら、ちょっと苦手なんだ。菊の花の塩漬けなんかもあんまり美味しいとは思わない」

「若いからな」

「若いとそうなの？」

「心の疲れに効き目のある香りは、年齢が行かないとなかなか美味しく感じられないものだ」

「それじゃ、おいら、ばりばり若いってこと？」

「そうさ。だから、せいぜい頑張って働いてくれ」

「合点承知の助」

「それでは早速、始めよう。この江戸っ子春菊の茎を落として葉だけを洗い、乾いた晒しで一枚、一枚よく水気を取るんだ」

「へい」

三吉は盥に水を汲みに行く前に、水瓶に残っていた水を大鍋に注いで、竈の火にかけようとした。

「おい、何をするつもりなんだ？」

季蔵は鋭く見咎めた。

「だって、まずは湯がいて灰汁を抜くんじゃないの？　見かけも匂いもそこそこ春菊に似てるヨモギじゃ、そうしてたでしょ」

三吉は狐につままれた顔になった。

「一体何の料理ができると思ってるんだ？　俺の話を聞いていなかったのか？」

珍しく季蔵は声を荒らげた。

「えーと、葉を洗って水気をよく取れと言われたから――天麩羅？」

三吉はしどろもどろに答えた。

「たとえ灰汁の強いヨモギだとしても、天麩羅にするのは柔らかな若葉で、湯がくどころか、湯をかけたりもせずに衣をつけて揚げる。灰汁の少ない春菊ともなれば灰汁抜きは不要だ」

「あ、そういえば、この前、塩梅屋流軍鶏鍋風に春菊を入れる時、葱と同じでそのままだった――。こんなことも忘れてたなんて、おいら、一体どうしたんだろ」

青ざめて泣きそうになった三吉の背中を、

「慢心は駄目だ。しっかりしてくれよ」

季蔵はやや力をこめてどんと叩いた。

こうして、やっと春菊の天麩羅を揚げる準備に入った。

胡麻油が浅い鍋に用意された。

「わ、豪華」

三吉が目を丸くした。

そもそも油は安くない上に、胡麻油は菜種油よりも高額であった。

「亡くなった人と悔やみに訪れる人たちをつなぐ、大事な通夜の膳だからな」

季蔵はしんみりと呟き、水と小麦粉、片栗粉で衣を作った。

そしていよいよ揚げていく。

今日は三吉に手伝わせずに季蔵一人で揚げた。

春菊の葉に小麦粉をまんべんなくまぶすと、さっと衣に潜らせ、胡麻油を熱してある鍋に箸で適量を摘まんで落としていく。

表が揚がったら裏に返して、両面をカリッと揚げる。

塩を振って供する。

試食した三吉は、

「このカリッとが美味さの胆だよね。こうやって食べると春菊も美味しいっ!!」

歓声を上げつつも、

「おいらにはまだ、この芸当はできないよ。こういうかき揚げみたいなもん、この間、やらしてもらったけど、カリッじゃなくて、グチャグチャってなっちゃったから——」

肩を落としていた。

そんな三吉に、

「かき揚げの秘訣は何だと思う?」

季蔵は訊いた。

「そりゃ、おいらには真似(まね)のできない、衣と揚げの妙(みょう)だよ。こういうの、秘伝なんでしょ、きっと。どうせ、教えてくれないで、自分の秘伝を見つけろってことなんでしょ」

唇を尖(とが)らせかけた三吉に、

——そろそろ伸び悩む頃かもしれないな——

察した季蔵は、

「いや、これの秘伝ならとっくに教えてある。洗った春菊の水気を充分にふき取ってから、丁寧に小麦粉をまぶし、衣に潜らせることに尽きる。今回、これほど美味く揚がったのはおまえの手伝いの賜物(たまもの)だ、間違いない」

うんと大きく頷いて微笑(ほほえ)みかけた。

四

「お邪魔します」

なつかしい声だった。

廻船(かいせん)問屋長崎屋(ながさきや)の主五平(ごへい)が油障子を引いた。

今は父親が一代で興した江戸屈指の廻船問屋長崎屋の後を継いで、主に収まっている五平ではあったが、季蔵と知り合った当時は、噺家(はなしか)の松風亭玉輔(しょうふうていたますけ)と名乗っていた。

一人息子だというのに真打ちを目指して噺の修業中で、父親にはとうの昔に愛想をつかされて勘当の身だった。

「ついついいい匂いに釣られて——。ほう、春菊の天麩羅だったんですね」

五平は烏谷や松次、喜平と並んで塩梅屋の食通四天王に入る。

そのせいもあるのか、食うや食わずで痩せ細り、それでも噺の稽古には寝る間も惜しんで精進していた頃とは違って、今や大店の主である五平は年齢相応の貫禄を身にも心にも備えていた。まさに男盛りであった。

といって、食い道楽が過ぎての肥えてたるんだ中年男ではなかった。

「女房に嫌われるのは嫌ですからね」

五平の妻ちずは、元は娘義太夫で、類い稀なる美貌と語りの上手さで鳴らした水本染之介であった。

当初は、五平が一方的に恋い焦がれていたのだが、季蔵の拵える料理を届け続けて女房にした。

そんな元娘義太夫のおちずは、五平との間に子を二人生した今でも、しっとりとした美しさを保っていて、笑顔には舞台に立っていた時の華やかさを惜しみなくのぞかせている。

「それに一緒に歩いてて、元娘義太夫のおちずにそぐわない亭主だなんて思われたくありませんから」

五平は腹回りに肉が付くのを懸念している。

「何か、特別なことをなさっているのでしょうか？」

季蔵が訊くと、

「実は三日に一度、朝一番に、菩提寺まで走って先祖の墓参りをしてるんです。初めは腹に肉がつくのを防ぐためでしたが、何しろ、道のりがそこそこあるので、いろいろ考えるようにもなりました。あんな風に死んだおとっつぁんのことを主に——そのうち、ゆっくり話します」

そう五平が応えたのは、もうかれこれ、半年ほど前に塩梅屋を訪れた時のことだった。仕入れる積荷の選別に遠方へ赴く仕事も含めて、とにかく、五平は忙しく、松風亭玉輔だった頃のような、たとえ芸の修得には懸命でも、時だけは余るほどあった気楽さとは無縁であった。

「少し話したいことがあるのです」

そう告げた五平の腹の虫がぐうと鳴った。

「駕籠を使わずに、小網町の店から歩いてきたんです。そのせいで腹の虫がやたら元気です」

にやっと笑った五平は、

「師走の一日から評判の鰯の照り焼き汁かけ飯をたらふくいただこうと思って来たのですが、遅すぎましたね。通夜の準備もあるでしょうし、出直します」

すでに塩梅屋で通夜、野辺送りがあることを知っていた。

「たいした早耳ですね」

「地獄耳と噂されるお奉行様から伺いました」

――すると五平さんの話というのはお奉行様絡みなのだろうか？――

幾分、不審な思いを抱きつつ、

「揚げたての春菊の天麩羅があります。召し上がりませんか？」

季蔵が勧めると、

「春菊の天麩羅を塩で食すると子どものお八つか、酒飲みのまたとない肴になりそうだ。あいにく、わたしは大人だが、これから廻るところがあるので、酒はいただけません。腹は空いていますし、飯の菜にするのが一番なのですが、塩をかけた天麩羅ではねえ――。醤油にすれば塩よりはましだろうが、当たり前すぎてつまらない。醤油と酒、味醂で煮て飯の上にのせれば、いくらかいいだろうが、何か一つ物足りない。甘辛味のタレで煮るのは、魚や烏賊、海老の天麩羅じゃないと食べた気がしないんじゃないかと思う。ようは春菊じゃ、タレに負けるんでしょうね」

五平はぐうぐうと腹を鳴らしつつ、挫けずに話し続けた。

聞いていた季蔵は、

――なかなかうがった食通ぶりだ――

感心しつつ、緊張して、

「いただき物の稲庭うどんが残っています。これを茹でて、たっぷりの汁かけにして、塩を振っていない揚げたての春菊の天麩羅をのせてはいかがでしょうか？」

思いつきを口にすると、
すかさず、

「それは楽しみだ、是非お願いします」

五平はにっこりと笑った。

こうして出来上がった春菊の天麩羅うどんに箸をつけた五平は、ほどよく汁を吸った春菊の天麩羅と、細目で滑らかな稲庭うどんを交互に口に運びつつ、時折、汁を啜ってため息をついた。

「これはきっと、鰯の照り焼き汁かけ飯と並ぶ絶品です。からっと揚がった春菊の天麩羅が汁と出会って、春菊の葉と一緒にほぐれたところが何ともいえない。この旨さは、かけ汁の中でただの町娘だった春菊の天麩羅が、天女にでも化身したかのようですよ。甘辛くないあっさりとしたうどんの出汁と、春菊の天麩羅がこれほど相性がいいとは、今の今まで思ってもみませんでした。季蔵さんほどになると、わかっていてこれらを合わせたのでしょうね」

五平の言葉に、

「まさか。ただの思いつきですので、褒められすぎると穴に入りたくなります」

季蔵は苦笑いした。

「これは稲庭うどんですが、これよりも細い蕎麦ではどうでしょう？」

五平の目がきらきら光り始めた。

——同じ目の輝きでも、食だけを堪能してくれていた尚吉さんの目とは違うが、わたしはこちらも好きだ——

五平は食通ではあったが、三度の飯より好きなのは噺で、古典噺の語りを披露するばかりではなく、当世の戯作者のように独自な噺を創るのが醍醐味なのであった。

「春菊の天麩羅と合ってつるつる滑る稲庭うどんよりも、滑りのそうはよくない蕎麦だと天麩羅を箸で一緒に摘まめます。むしろ、蕎麦の方がいいんじゃないかという気がしてきました」

季蔵は思った通りを口にした。

「本当に？」

五平は念を押し、

「ええ」

季蔵は頷いた。

「よし、出来たっ‼」

五平は両手をぱんと打ち合わせて、

「おぎゃあと生まれた時から、貧乏の沼にどっぷり浸かってきた、馬鹿が頭につくような真面目一方の蕎麦屋がいたんです。あ、これ、もちろん噺の中の蕎麦屋ですよ。つけ汁は絶品なのになぜか、客のつかない屋台の蕎麦屋が、春菊の天麩羅で大儲けする噺が浮かびました。春菊はその前の年の冬、寒くて酷く冷える日に、腹を空かせていた年寄りに、自分の分だった一杯の蕎麦を半分、分けてやったところ、礼にと、貰い受けた種から育ったんです。その春菊ときたら、毎日、飯の代わりに食べてもどんどん生えてくる。思いついて、なけなしの銭で揚げ油を買い、天麩羅にして掛け蕎麦にのせて売ったところ、これが大当たり。屋台の蕎麦屋は大繁盛――」

「あやかりたいほど幸運な噺ですね」

　季蔵は相の手を入れた。

「ところが、お大尽に金を出してやるからと言われて、店を構えて主となり、育てた春菊から取った種を植えて、春菊をじゃんじゃん育てた。洒落た丼や箸を揃えて、屋台で売っていた時よりも、少々、上乗せして客に出すと、これがちっとも美味くない、苦い。苦いのはヨモギで春菊は苦くなどないはずなんだが、高くて苦くて不味い蕎麦の店なぞと酷評しきりで、とうとう店は潰れてしまった」

「まさに極楽から地獄落ちですね、それで？　まさか、世をはかなむなんてことはないでしょうね？　それだけは止めてください」

「丸裸になった蕎麦屋に残ったのは元の屋台だけ。糊口を凌ぐためにこれを引いて暮らすしかなかった。すると、あの年寄りが現れた」

「そのお年寄りは罪作りですよ」

「前の時と同じで年寄りは飢えかけていた。それで蕎麦屋は、自分の分にと残しておいた一杯の蕎麦を年寄りと分けた」

「その蕎麦屋さんは善人の典型みたいな人です。もしや、お年寄りはこれ以上はない悪人なのでは？」

「年寄りはまた、春菊の種を差し出していなくなった。蕎麦屋が懲りずに春菊を育てると、またもや、春菊の天麩羅かけ蕎麦は人気になったものの、蕎麦屋は二度と店を持とうとはしなかった。屋台で売れる蕎麦に見合った量の春菊しか育てなかった。年寄りから貰って育てた春菊から取った種のほとんどは、祟りを怖れて住んでいる棟割長屋の神棚に祀り続けた」

「お年寄りを神様だと信じ込んだのですね」

「信じ込んだんじゃない、本当に神様だったんです。その証に金もなく、取り立てて男前でもなく、親戚の一人もいないその蕎麦屋が、自分と同じような、どうということのない女房を貰った。女房は春菊の天麩羅掛け蕎麦を食べに立ち寄った客だった。男の子も出来た。この子も乳離れした時から、春菊の天麩羅掛け蕎麦が好きだった。蕎麦屋は家族を養うために、懸命に屋台を引いて働いている。一方、女房子どもは時折、蕎麦屋のいない時を見澄まして、神棚の春菊の種を食べているようだ。種が減っているのでわかる。けれども、減った種の分が金の粒になるわけでもなし、ようは何事も起こらず、今も蕎麦屋一家は平穏に暮らしている。題して〝ほんのちょっと幸せな春菊天麩羅の末路〟、お後がよろしいようで――」

　高座に上っていた時の癖で五平は深々と頭を下げてみせ、

「料理人ならことさら身につまされる、実にいい噺でした」

知らずと季蔵も頭を垂れていた。

五

ほうじ茶を出した後、季蔵は、

「離れでお茶を淹れましょう」

五平を離れに誘った。

引き戸を開けて離れに入った五平は、

「先代に線香を上げさせてください」

長次郎の仏壇の前に首と背筋を伸ばして、きっちりと正座すると線香を点して、鈴虫りんを鳴らし、両手を合わせて瞑目した。

「先代は突然、亡くなられたのでしたね」

「ええ」

長次郎は烏谷からのお役目を果たすべく、ある商家で調べを続けていて、下手人に悟られて殺されたのであった。

「うちのおやじも突然でしたので、成仏できているのだろうかと時折、気になるのですよ」

「それなら下手人は捕まって、刑罰も下っておりますが――」

長次郎や季蔵が隠れ者だというのは、決して洩らしてはいけない秘密であり、それゆえ、長次郎殺しについても、放蕩息子が父親を殺した場面を、出張料理に訪れていた塩梅屋の主が目撃してしまったゆえとされていた。

「そちらもたしか――」

季蔵は怪訝そうに五平を見た。

「ええ、その節はすっかりお世話になりました」

五平は頭を下げた。

五平の父親を殺めたのは子飼いの大番頭で、かなりの奸智を弄した犯行であったため、季蔵がその悪知恵を見破らなければ、迷宮入りとなり、今や、主殺しの悪党が長崎屋の主の座に座っていたかもしれなかった。

「今、わたしがあるのはあなたのおかげなのですが、一つ、どうしても、ずっと心に引っ掛かることがありました」

「何でしょう？」

「わたしは大番頭の矢七によく遊んでもらった思い出があります。働き者でもありました。父にも全身全霊で尽くしていました」

「でも、あの大番頭は自分の罪を認めたのです。主を殺しておいて、生きているように見せかけ、自分に疑いがかからないようにしたのです。矢七は無実なのにもかかわらず、首が打たれたのではありません」

季蔵はあの時の推量に自信があった。

「わたしも父を手にかけたのが矢七ではなかったとは思っていません。ただ、魔がさしたのだとは思います。魔がさして、聞いてはいけない声に耳を傾けたのだと――」

五平は真剣な目を向けてきた。

「つまり、あなたのお父様殺しには、矢七の裏で糸を引いている、さらなる大悪党がいたのではと思っていらっしゃるのですね」

季蔵は背筋に冷たい水を浴びせかけられたように感じた。

頷いた五平は、

「その思いが募ってきたのは、土蔵の中から父の遺した日記を見つけて読みだした時からでした。父は長崎屋の成り立ちを高祖父の代から克明に書き記し、今後の売り、買いの秩序や住み分けが、お上の目の届かないところで、じわじわと崩れていくのを案じていたんです」

「くわしく話してください」

「廻船問屋はまたの名を船問屋とも言い、船主の依頼でさまざまな積荷を運ぶのが仕事です。ちなみにお上は、権現様の威光が残っていた治世に、商品を売る荷主、輸送を引き受ける船主、両者を取り次ぐ船問屋と商いの役目を厳しく分けていたのです」

「待ってください、あなたのところのような廻船問屋は大きな船を持っていて、船主も兼ねているではありませんか？」

「父は一代で結構な廻船問屋を成したとされていますが、祖父は船主で、曾祖父、曾曾祖父は名の知れた船頭でした。若い頃の曾曾祖父は漁師も兼ねていたと書かれていました。勤勉な家系でもあり、力のある船頭はいい金が入るので、蓄財を続けて三代目に船を買うことができたわけです。そして、知恵者の父はさらに実入りのいい稼業で財をなしたのです」

　この時季蔵は稀代の名船頭と言われている尚吉を思い出していた。

――尚吉さんが鰯の極み味の席に来ていたのは、己の野心ゆえだったのだろうか？――

「船主には何隻もの漁船を持つ網元さんも入りますね」

「そうです、父は先祖が船頭や漁師だったこともあって、網元さんからも運びを頼まれることがあったようです」

「たとえば佃の孫右衛門さんですか？」

　季蔵の言葉に五平はいささか、ぎょっとしたものの、

「そうです。あなたがいろいろな事情を知っていなければ、この店で孫右衛門さんの一人娘お理恵さんを送ることもなかったはずです」

「お父様と孫右衛門さんの関わりは？」

「孫右衛門さんは漁船だけではなく、弁才船もお持ちでした」

　ちなみに弁才船とは酒や木綿、油、酢、醤油等を輸送した船で、千石船とも言われている帆船である。

五平は先を続けた。

「お上に目をつけられればお咎めとなりかねませんが、海産物以外の商いで得た金子は一文残らず、仕事中に亡くなったり怪我をした網子や水夫の家族に渡していました。でないと、たちまちその日から暮らしに困りますからね。それだからこそ、父も危ない橋とわかりつつ、男気で引き受けていたのです」

「他の網元たちや船主たちから、邪魔されませんでしたか？」

季蔵の頭をよぎったのは、網元史郎右衛門ののっぺりした、感情が見えないだけに底意地の悪そうな公家顔だった。

――傲慢不遜なあの男が誹らないわけはない――

「父はあの孫右衛門さんが、抜け荷の大罪を犯していたとは信じていませんでした。誰かに嵌められたのだと――」

五平は史郎右衛門の名は出さずに、きっぱりと言い切った。

「つかぬことをお訊きしますが、孫右衛門さんが捕らえられた時、商いでつながっていたあなたのお父様に罪科が及ばなかったのが不思議です」

「父が孫右衛門さんの商いに関わっていたのは、抜け荷が発覚する三年ほど前までだったからです。孫右衛門さんから突然、父との商いを止めたいとの申し入れがありました。その時の書き付けが父を救ったのです」

「疑われた孫右衛門さんの罪が抜け荷というからには、弁才船での商いを止めたわけではなく、あなたのお父様以外の廻船問屋に頼んでいたはずです」

「その通りです。老舗の廻船問屋で豊前屋さんが父に代わりました」

「豊前屋さんが孫右衛門さんと一緒に打ち首になったという話は聞いていませんが──」

「当然、お上は豊前屋さんにも縄を打とうとしたんです。けれども、孫右衛門さんが捕らえられる前に、豊前屋さんはお内儀さんやお子たちと一緒に、煙のように姿を消していたんです。残された店の者たちは、年配の大番頭さんが弱り切って亡くなるほど、厳しい詮議を受けましたが、誰一人、主一家の行き先を知る者はいなかったようだと父は記していました」

「豊前屋さんの商いの様子は？」

「開府以来の老舗ではあっても、お上の言いつけを守り通して、与えられた分である、売り手と船主との仲介だけを続けていたせいで、衰退の一途を辿っていたようです。膨れ上がる一方の借金で、店が立ちゆかなくなるのは目に見えていたんです。父によれば、孫右衛門さんは、先祖の代から見知っていた豊前屋さんにすがられて、嫌とは言えず、それで儲かっていた父との商いを、そっくりそのまま向こうに廻したのではないかということでした」

「それで一時、豊前屋さんは持ち直したんですね」

「ええ。しかし、父は豊前屋さんが孫右衛門さんが持っていた弁才船を買い受ける等のことは、少しやり過ぎてはないかと案じていました」

「そして、孫右衛門さんの捕縛となったわけですね。抜け荷の証はどこにあったのです？豊前屋さんが孫右衛門さんから買い受けた弁才船で見つかったのなら、孫右衛門さんとはもう関わりがないはずです」

「ところが、買い受け証文を取り交わす寸前に、抜け荷の品が見つかってしまったのです。高麗人参やキニーネ等の薬や漢籍、李朝の壺等の陶磁器や唐絵（宋・元時代の中国絵画）、見たことのない長い形の米、敷物の絨毯、ウオッカと呼ばれるロシアの酒、絹張りで華美な腰かけや長い脚付きの机等、まるで、抜け荷船さながらだったんだそうです」

「抜け荷というのはわからぬように、用心深くひた隠して積み込むものでしょう？」

季蔵は首をかしげた。

「わたしもそう思います。それに何よりおかしいのは、長い形の米が船にあったことです。これは遥か南方の国でとれて琉球泡盛の原料になるものです。薩摩にとっては垂涎の代物であっても、薩摩の江戸屋敷で琉球泡盛が造られているとは到底思えません。たとえ殿様の酔狂にせよ、琉球泡盛を造るにはこの江戸は寒すぎますからね。本当に南方からの密貿易ならば、薩摩に立ち寄って琉球泡盛用のその米を下ろすはずです」

「わたしは聞いたことのないウオッカという酒が気になります」

季蔵の首はかしげられたままであった。

「たしかに。獣の毛を使った衣類をウオッカ等と交換する、密貿易で荒稼ぎしているのは、北前船を牛耳っている商人たちで、江戸の船主ではないはずです」

日本海や北海道の港から、江戸や大坂（大阪）へ米や魚等を迅速に安く運ぶために、瀬戸内海を通る西廻り航路の弁才船が、北前船と呼ばれて全盛を極めていた。

「これほど見え透いた悪だくみはありませんね」

季蔵はしばし込み上げてくる怒りを抑えることができなかった。

六

「父はずっと孫右衛門さんの無実を信じていて、長屋暮らしを始めたお理恵さんのことも気にかけていたようです。仕立物で暮らしを立てているとわかると、お理恵さんにわからないように、そっと、仕事を廻していたんです。その頃、父はわたしを勘当していたので、お理恵さんを自分の娘のような気持ちで見守っていたようです。こんなことになって、父が生きていれば、どれだけ心を痛めたことか――生きていなくてよかったかもしれない」

最後の一言を低く呟いて、五平は目を瞬かせた。

「茶を入れ替えましょう」

五平はまだ立ち上がる様子がなかった。

「いただきます」

五平はゆっくりと茶を啜って、季蔵をじっと見据えた。

「あなたなら知っているはずです。父が日記に書いていた、お理恵さんの許婚で豊前屋一家同様、行方をくらませた、江戸一の船頭と言われた尚吉について話してください」

「わかりました」

頷いた季蔵は豪助から聞いたことを話した。

しかし、干鰯問屋で催された鰯の極み味の会については洩らさなかった。これについてはまだ豪助にさえも話していなかったからである。

——わたしの料理を堪能してくれていた尚吉さんが、挨拶の一言も発しなかったとはいえ、なにゆえに、あのような席に連なったのか、まだ判然としていない。もっとも、残った小峰屋の主忠兵衛さんと網元史郎右衛門さんの下で働く余次郎さんは、尚吉さんを仲間に加えるつもりのようだった。けれども、豪助の話では、尚吉さんは勢いづいて広がっている干鰯の商いをよしとはしていなかったはず——

「すると、ほとぼりが冷めて上方から戻ってきた尚吉は、ここへも納める鰯漁に精を出すばかりで、許嫁だったお理恵さんと所帯を持とうとせず、お理恵さんは気が揉める最中、殺されてしまったんですね」

五平の口調が尖った。

——おちずさんを娶る時、五平さんは自分の気持ちを抑えられずにいた。相手を想って夜も日もなく、仕事に手がつかず、これほど好きな噺もそっちのけだった。そんな五平さんには、皆目尚吉さんの胸中が知れず、腹立たしいのだろう——

「こうなると定められていた命でも、せめて祝言なり挙げていれば——。お理恵さんが哀れすぎる、そう思いませんか？」

「たしかに」

季蔵も同感であった。

日々、塩梅屋から鰯の照り焼き飯を尚吉の元へ運び続けていたお理恵の顔に微塵も翳り（かげ）は無かった。常に笑顔でその後ろ姿は甲斐甲斐しかった。

――これほど耐えられる、強い女は滅多にいないだろう。あるいは、それほど尚吉さんとの絆（きずな）がたしかなものだったのだ――

「まさか、尚吉が戻ってきたことが、お理恵さんの寿命を縮めたなんてことはないでしょうね」

五平がふと呟いて、

「いや、下手人が尚吉だなんて言ってるんじゃないんです。孫右衛門さんが大罪で刑死したのは、この市中に渦巻く黒い闇（やみ）に呑（の）み込まれたゆえでしょう？　そして、尚吉が戻るまでお理恵さんの身辺には何事も無かった。だとすると、尚吉という男がもたらす何かによって、今まで動かずにいた闇が、お理恵さんの命を奪ったとは考えられませんか？」

季蔵に相づちを求めた。

――勘のいい五平さんは、わたしがまだ何か知っていると気づいているようだ――

「今のところ、それはないと思います」

季蔵はお理恵とよく似た手口で殺められた娘や女将の話をした。

「それなら瓦版が書き立ててるんで知ってますよ。まともじゃない奴の仕業だというんでしょうが、前の二件も尚吉が市中に戻ってきてから起きてる。そのくらいのことはわたしも調べました。尚吉が真っ当だっていう証はどこにあるんです？」

五平はお理恵と祝言を挙げなかった尚吉を目の仇のように考えていて、

「わたしはね、長い間、惚れて耐えて忍んできてくれた女に報いない奴なんてのは、虫けらより酷いと思ってます。祝言も挙げてやらなかったなんて、男の風上にも置けません」

いつになく、吊り上がった眉のまま立ち上がった。

五平を見送った季蔵は、襖の囲いを一部外して、佐右衛門が野草春菊と名付けていた最も香りの強い小葉種の春菊を摘み取った。

目笊代わりに広げた前垂れいっぱいの野草春菊を見た三吉は、

「勝手口を入ってきたとたん、すごーい匂いがした。冬なのに春みたい。今が春だったらかえって鬱陶しいかもしれないけど、今時、葉や草の緑や匂いって、滅多に見たり、嗅いだりできないから、いいよね、その匂い。その春菊、葉が小さいのに頑張ってるって、感じられて、何だか、とってもうれしくなってくる。だけどそれで何を拵えるの？」

鼻をくんくんと蠢かせながら訊いてきた。

「おまえは飯を仕掛けてくれ」

言われた通りに水加減して竈にかけた三吉に、

「飯を五升は炊くから、店にある釜だけじゃ足りない、損料屋から借りてきてくれ」

季蔵は使いを言いつけた。

「合点。でも、その前に、一つだけ教えといてくれない？」

「何だ？」

「何を拵えるのか、それだけは知りたい。気になって仕様がないんだもん」

「ただの握り飯だよ」

「その春菊を使うんだよね」

「そうだ」

「春菊と握り飯かぁ？――」

首をかしげたままの三吉を、

「後は見てのお楽しみだ。早く、行ってきてくれ」

「へい」

やっと三吉は店を出て行った。

三吉が釜を抱えて戻ってくる間に、季蔵は竈の飯の火加減に気を配りつつ、野草春菊を使った春菊味噌（みそ）を作り始めた。

一味唐辛子（とうがらし）と味噌、味醂、砂糖をよく混ぜ合わせておく。

野草春菊は葉と茎を小口切りにしておく。熱を長く加えるので茎の固さは気にしないでいい。

浅くやや大きめの鉄鍋に胡麻油を熱し、小口に切った野草春菊を焦げないように気をつけて、完全に水気がなくなるまで炒める。

そこへ調味した味噌を加え、火から少し離してゆっくりと炒め続ける。

水っぽさがなくなり、味噌状になったところで火から下ろして冷ます。

飯が炊きあがるのを待って、季蔵は冷めた春菊味噌を芯にして握り飯を拵えていく。

釜の飯全部を春菊味噌の握り飯に変えたところに、

「只今ぁ」

大釜を抱えた三吉が帰ってきた。

「わ、これ、甘味噌と春菊の匂いだぁ」

思わず叫んで、ごくりと唾を呑み込んだ三吉の目の前に、

「ほれ」

季蔵は握ったばかりの春菊味噌の握り飯を差し出した。

「おいらが、食べていいの？」

「もちろん」

「そろそろ八ツ時で腹が空いてきてたんだ、それじゃ、ありがたく、試食を兼ねて――」

三吉は一つ、また一つと食べ続け、

「そんなに早く食うと喉に飯が詰まるぞ」

呆れた季蔵は湯呑みに水を汲んで手渡した。

五つほど食べ終えて人心地付いた三吉が、

「美味かったよぉ、年の瀬だってえのに一足早く、春をいっぱい食べちゃった。なーんか、

春みたいにのどかでいい気持ちだ。あー」

立ったまま瞼を閉じかけると、

「ったく、仕様がない奴だな」

季蔵は苦笑して、

「眠るのならあっちで」

小上がりに向かって顎をしゃくった。

すると、

「おいら、眠くなんてないもん、ただの大食いでもない」

固めた両の拳で自分の頭を交互に叩き、

「これからまた飯炊きだよね。でも、季蔵さんのことだから、全部、春菊味噌の握り飯だなんていう芸のない仕上げじゃないよね。次に何を作るのか、おいら、この目でしっかり見極めたい」

親指と人差し指を両目に当てて、しっかりと見開かせようとした。

――三吉にも多少なりとも料理人の意地が育ってきている――

感心した季蔵は、

「それなら、裏へ行って、襖の囲いの中から、一番葉が大きくて、香りが弱い春菊を摘んで来い、間違うなよ、いいな」

目笊を差し出すと、

「えっ？　あそこの春菊に種類の違いがあったの？　そんなぁ――、おいら、今まで知らなかったよぉ」

泣きそうになりかけてかろうじて堪えた。

七

三吉は何とか、南方の大葉種である南風春菊を探し出して、目笊に摘んで戻ってきた。

「まあ、よしとしよう。うちの釜ではいつもの水加減、借りてきた大釜の方は飯を固めに炊くように」

頷いた季蔵は自前の釜と借りてきた大釜で三吉に飯を炊かせる一方、

「こいつをさっと茹でてくれ」

南風春菊の下処理をするべく、水の入った鍋を火にかけさせた。

季蔵は水で洗った南風春菊を茎と葉に分けた。

鍋の湯がぐらぐらと沸騰してきたところで、

「いいか、この加減をよく見ていろよ」

塩適量を足した湯の中に、まずは南風春菊の葉を泳がせるように浸けて、十数えて素早く引き上げた。

南風春菊はぴんと張っていた葉が少々しんなりしている程度で、塩のせいで色よく上がっている。

「沸騰した薬罐の湯をかけ廻すだけでもいいのかもしれないが、均等にかけるのは結構むずかしい」

次に茎を湯に投じてこれは三十まで数えて引き上げる。

「粗熱をとって葉と茎の水気を絞り、みじん切りにしてくれ」

「へい、合点」

三吉が俎板の上の南風春菊に菜切り包丁を動かし始めると、酢四、砂糖三、塩一の割合ですし酢を拵えた。

「わかった、春菊すしを作るんだね」

三吉は手慣れた様子でみじん切りを続けながら、すし酢の匂いに鼻を蠢かせて、

「訊きたいこと、あるんだけどい？」

「何だ？」

「裏庭の襖の中の春菊のことなんだけど、おいらが摘んできたこれと、さっきの握り飯に入ってた春菊味噌、香りの強さが違うような気がするんだけどな」

「ほう、やっと嗅ぎ分けてくれたか」

「季蔵さんが摘んできて、春菊味噌にしたのはすごく香りが強かったけど、おいらが摘んだのは葉こそ一番大きいけど、おとなしめの香り――」

「その通りだ」

「これって、香りの強さによって、拵えるものが違うってこと？　季蔵さんが一番初めに

拵えた春菊の天麩羅は、もしかして、中くらいの大きさの葉の奴だった？」

「よくわかったな。春菊の場合、香りの強さは葉の大きさとは反対だ」

「香りの強さで作る春菊の料理を変えてるみたいだけど、どうして？」

この問いに季蔵は、

「少し長くなるぞ」

と前置きしてから、

「香りは熱が加わると弱まるのが常だ。それでやや長く味噌と煮込む春菊味噌には、もっとも香りの強い野草春菊を使う。一方、人肌に冷ました酢飯と合わせるには、酢飯を負かしてしまう野草春菊では駄目で、香りが主張しすぎない南風春菊が適しているはずだ。そして、油の高い熱が一瞬加えられる天麩羅には、野草と南風の間ぐらいの強さの香りである、江戸っ子春菊がいいように思う。野草だと天麩羅ではなく、春菊だけを食べさせられているようだし、南風だと春菊天麩羅ならではの感動が薄く、衣の胡麻油の匂いが勝ってしまって期待が裏切られる。春菊天麩羅を美味いと感じるのは、春菊の清々しい香りと胡麻油でからっと揚がった衣が、えも言われぬ調和を醸しているからだと思う」

丁寧に説明した。

しばらくして飯が炊きあがった。

季蔵は三吉に向かって、

「春菊味噌入りの握り飯で、この釜の飯は全部使う。握ってくれ、頼む」

常の水加減で炊いた自前の釜を指し、借りた大釜の固めの飯の方は大きな飯台に移して、すし飯を作っていく。

すし飯はただ、すし酢を固めに炊きあがった飯に混ぜるだけなのだが、外せないコツがある。

すし酢を混ぜた後、切るように杓文字(しゃもじ)で飯の固まりをほぐし、その後は根気よく、団扇(うちわ)であおいで粗熱を取り続けなければならない。

これを怠ると飯粒がつやつやと立っているかのような、食欲をそそる美しいすし飯に仕上がらないのである。

「よっ、塩梅屋の団扇っ」

三吉が思わず掛け声を発した。すし飯を作ることもあるので、そのために、先代の頃から塩梅屋では冬でも団扇が厨(くりや)にあった。

つやつやのすし飯を仕上げたところで、季蔵は春菊のみじん切りと炒(い)った白胡麻を加えて、やはりまた、偏(かたよ)りなどないよう、さっくりと切り混ぜた。

「春菊すしの出来上がりっ」

得意げに大声を上げた三吉を尻目に、季蔵は用意してあった油揚げを俎板の上に積み上げた。

「あ、もしかして、いなり寿司(ずし)？　おいら、大好きなんだよね、おいなりさん」

手を止めた三吉を、

「いいから、おまえは手を止めるな」

季蔵は軽く叱ると、広く大きな鍋を沸騰させて、油揚げを入れて茹で、油抜きを始めた。油抜きした油揚げは破れないように優しくしぼって皿に取り置いておく。油抜きに使った鍋の湯を捨てて、水と黒砂糖、醬油、酒を入れ、油揚げを戻して弱火にかけ、煮汁に浸しながら煮詰めて味を含ませ黒く仕上げていった。

「わーい、甘い甘いあの黒いなりだ」

三吉が歓声を上げた。

砂糖は和三盆に代表される白砂糖が高価で貴重だが、黒砂糖も安い代物ではなかった。そんな黒砂糖を多量に使う黒いなりは、高級料理屋八百良の自慢料理で、土産としても売られていることから広く知られている、憧れの高級料理の一つであった。

季蔵は黒く煮含めた揚げを半分に切って、春菊すしを詰めて仕上げていく。握り飯を握り終えた三吉が途中から手伝った。

「通夜振る舞いだから、黒いなりにしたんだよね」

一瞬、三吉は声を低め、季蔵は無言で頷いた。

——お理恵さんのような亡くなり方はあまりに酷すぎる。甘さは悲しみに効き目があるような気がしていた。それで黒砂糖をたっぷりと使う黒いなりで、お理恵さんを供養するだけではなく、悼む人たちの心を癒したいと思った。それにしても、不祝儀だから黒い色を選んだわけではなかったのだが——、そうだ、それなら——

「この握り飯にも海苔を巻こう。師走飯の薬味にと、もみ海苔と一緒に安く仕入れた一枚海苔が何帖かあったはずだ」

季蔵は三吉と一緒に、何帖もの一枚海苔を軽く炙って切り分け、袴のように握り飯に巻いた。

「まだ、一仕事あるから試しを兼ねて、食べておこうか」

季蔵は三吉を試食に促した。

「そうこなくっちゃ」

黒いなりを両手に持った三吉は、

「まずは春菊と黒砂糖のいい匂い、たまんない」

満足そうに目を閉じたまま、一口、頬張って、

「春菊のほど良いほろ苦さがおいしいっ、黒砂糖の染みこんだ油揚げはコクが半端じゃなくてクセになるぅ」

妙に感想は大人びていたが、この後はむしゃむしゃと平らげてあっという間に両手は空になり、また、黒いなりの盛られた大皿に手を伸ばそうとすると、

「そのくらいにしてくれないと、今夜の通夜振る舞いが足りなくなる」

滅多にないことだが、季蔵が苦情を口にした。

「その代わり、試食はまだこの先がたぶんある」

そう言い聞かせたところで、

「季蔵さーん、入るわよぉ」

おき玖の声がややかん高く響いた。

すぐに戸口へと急いだ季蔵は、

「無理をお願いしてすみません」

軽く辞儀をした。

「季蔵さんが寄越してきた文、読んですぐに市中の季節寄せの頭で、師走の賃餅屋も束ねてる、おとっつぁんの知り合いだった人のところへすっとんでったのよ。師走もここまで来ると、賃餅を搗いてくれる鳶や人足衆も仕事仕舞いしちゃってて、なかなか見つからなかったんだけど、そこはさすが蛇の道は蛇の頭の小父さん、江戸一だった網元の娘さんのお通夜ってこともあって、虱潰しに長屋を探してくれて、やっと、賃餅で稼いだお金で年忘れの酒盛りをしようとする寸前だった、若い鳶の二人に請け負ってもらうことができたのよ。二人はもうすぐここへ来るわ」

正月に餅は欠かせない。賃餅屋とは街頭の餅搗屋であり、引きずり餅屋とも呼ばれていた。家に臼や杵等の餅搗き道具がない家では、何人かで搗き賃を分けて払い、まとめて賃餅屋に餅を搗いてもらうのが常であった。

年間を通しての賃餅屋は菓子屋であったが、師走ならではの臨時の賃餅屋は、鳶職や人足等の力と技自慢の男たちが携わっていた。

「ありがとうございます」

季蔵は重ねて頭を下げた。

「何、水くさいこと言ってんの、あたしだってあのけなげなお理恵さんには会ってんのよ。あの人の身に起きたこと、あたし、他人事だとはとても思えない。だから、せめて、送る時ぐらい、精一杯のことしてあげたいのよ。こんなことしても、もう、あの女は戻ってこないけど、でも――でも――、何かしてないともう――悲しくて、口惜しくて、たまらないのよ」

おき玖は掠れ声で絶句した。

第三話　滋養飴

一

それからほどなく、鳶と思われるいかにも敏捷そうな男と、相撲取りの見習いに見えるよく肥えた大男二人が、臼や杵、脇腹に穴の空いた大鉄釜と穴の空いていない大鉄釜、蒸籠を持参して塩梅屋を訪れた。

「俺たち、長屋住まいの子どもの頃からのダチでさ、毎年、年末には組んで一働きするんだ。おかげで今年もいい小遣い稼ぎができて、さあ、一杯ってえ、せっかくの時に、大恩ある元締めからお呼びがかかっちまったのよ。こりゃあ、到底断われやしねえ。だから、元締めには内緒でちょいと色をつけてもらいてえよ。あんたはここの立派な主だってえし
――」

季蔵に世辞笑いした鳶は低めの声の口八丁で、素早く、大鉄釜の空いている穴を焚き口にして火を熾すと、その上に穴の空いていない、水を満たした大釜、蒸籠を順に乗せた。

「今からこれで蒸すから、とっととこの上に糯米を乗せてくれ」

相撲取り見習いが風体に似合わない、高く気短な声を出した。

こうして餅搗きが始まった。

米が蒸し上がる間に三吉が時折、菓子の指南を受けている菓子屋嘉月屋の主、嘉助が、大鍋で煮たたっぷりの小豆餡を小僧に持たせて届けに来た。

ひょろりと背の高い小僧は、自分の肩までの背丈の小柄な主の後ろから、思いきり背中を丸め中腰になってついてきている。

季蔵と嘉助は湯屋で知り合い、互いに菜や肴と菓子の別なく料理の話ができる、貴重な話し相手であった。

すでに季蔵は嘉助からの文で小豆餡が届けられることを知っていた。文にはただ一言以下のようにあった。


そちらで今夜、通夜、野辺送りがあると聞きました。わたしにも御供養をさせてください。後ほど小豆餡を大鍋いっぱいお届けします。

嘉月屋嘉助

塩梅屋季蔵様

「すっかりお気を遣わせてしまい申しわけありませんでした。あなたにまでおいでいただいて――」

すっかり恐縮している季蔵に、

「いや、なに、この小僧が道でばったり、こちらの三吉さんに出くわして耳にした話をわたしに伝えてわかったことなんです。網元の孫右衛門さんの娘さんが命を落としたことは瓦版で知っていました。わたしなりに何か供養ができないものかと考えていたところに、小僧から通夜と野辺の送りをここでなさると聞き、あなたが通夜振る舞いを作られるのならば、こちらもどうしても何かお手伝いがしたくて――。わたしは菓子屋ですので、こんなものしか思いつかず――」

嘉助は頭を垂れたままでいた。

「とんでもありません、こんな時は甘味が何よりですから、とても有り難いです。もしや、孫右衛門さんとあなたは御縁があったのでは？」

「その通りです。孫右衛門さんには、御贔屓にしていただきました。茶席用に拵えていて形が崩れて納められなくなったものまで、味は同じだから、子どもたちなら気にしないだろうと引き取ってくださいました。子どもたちというのは、漁にも奉公にも出ておらず、嫁にも行っていない十二歳以下の網子の子どもたちのことで、菓子が食べたい盛りのこの子たちに、孫右衛門さんが菓子を届けてやっていたんです。孫右衛門さんはわたしの恩人です。通夜には参りますので、それでは後ほど――」

嘉助はしみじみと呟いて帰って行った。

「お、おいら、よ、余計なこと、い、言っちゃったかな」

へどもどしている三吉に、

「餅搗きと小豆餡、さあ、何ができる？」

季蔵は訊いた。

「それだけだと小豆餡入りの餅菓子なんだろうけど、春菊を使った料理、たしか、まだ先があるって言ってたよね」

三吉の言葉に季蔵が頷くと、

「それじゃ、春菊餅を作るんだ、絶対、間違いなし」

三吉は力み返り、

「そうだ。だから、これから春菊餅に使う春菊を三種の中から選んで、ここへ摘んできてくれ」

季蔵はまた、目笊を渡した。

三種から一種を選んできた三吉は、

「はい、これ」

江戸っ子春菊の入った目笊を季蔵に渡した。

「どうしてこれを？」

季蔵の問いに、

「春菊餅って、茹でた春菊を蒸かした糯米と一緒に搗くんだったよね。だとすると、茹でる時にも蒸かし立ての糯米と混ざる時にも、そこそこ熱が加わる。だから香りが薄めで冷めたすし飯にぴったりの南風春菊じゃ、頼りない。かといって、春菊餅は野草春菊使いの春菊味噌みたいに、長く火にかけて煮るわけじゃないでしょ？　ようは香りが強すぎて、きっと小豆餡の風味を台無しにしちゃう野草春菊も駄目なんだ。それで、これっきゃないと思った」

三吉は珍しく、一語一語慎重に言葉を選んで話した。

「偉いぞ、よくわかったな」

季蔵は掛け値なしの褒め言葉を口にして、

「餅菓子は得意だろうから、後は任せる」

三吉が沢山の春菊餅を仕上げるのを見守った。

三吉はすぐに湯を沸かして江戸っ子春菊を塩止めして、さっと色よく茹で上げると、みじんに切った後、当たり鉢で当たった。

この時、充分に当たって、やや固めの泥状にしないと、糯米と一緒に搗かれた餅が均等に若葉色にならない。滓のように春菊が残っていては、美しくないだけではなく、美味しそうに見えない。

また、当たり鉢で当たった泥状の春菊は、よく水気を切ってやや固めの泥状にしておかないと、春菊餅の仕上がりまで水っぽくなって、特有の歯応えが損なわれ、打ち粉を使ってもべたべたしてしまって、小豆餡が包みにくくなる。

嘉月屋から届けられた、春菊餅の中身にする小豆餡は、鶉の卵よりはよほど大きく、しかし鶏の卵までの大きさではない、幾つもの玉に分けておく。

この小豆餡の玉を搗き立ての春菊餅で包むと出来上がる。

「美味しそうね」

おき玖の目は春菊餅に釘付けであった。

「食べてみましょう、皆さんもどうぞ」

季蔵は餅を搗いてくれた二人の若者にも試食を勧めた。

春菊餅を手にした二人は口に運びながら、糸のように餅を伸ばして見せて、

「よーく、伸びるいい餅だろ？」

「おうよ」

「この上物の餡子といい勝負だぜ」

「そうさね」

「ここまで美味いと、こりゃあ、いい肴にもなるな」

「あーやっと酒だ」

満足そうに頷きあうと、季蔵が親方への払いとは別に用意した駄賃を断り、数個の春菊餅をその代わりにとねだって包ませると、

「今年は最後に一番いい仕事をしたよ、やっぱし親方に感謝だ」

「満足、満足」

汗だくの笑顔で帰って行った。

師走の陽はすでに陰りかけている。番屋からお理恵の骸が離れに運び込まれてきた。

「おとっつぁん、今夜はよろしく、わたしたちと一緒にお理恵さんを見守ってあげてくださいね」

おき玖は仏壇に手を合わせると、布団を延べ、北枕をとり、季蔵は戸板からお理恵をその上に移した。絶え間なく、線香が焚かれ続ける。

店の小上がりに通夜振る舞いの席が設けられ、卓の上に酒と、春菊を使った天麩羅、握り飯、黒いなり、餅が大皿に盛られている。

先代長次郎の知人であり、毎年、春になると季蔵が竹林に筍を掘りに行く、光徳寺の和尚安徳が経を読むために戸口に立った。

「わしも供物を一つ出させていただく」

安徳は紙袋に入った浜納豆を供えた。

「孫右衛門さんがこれをことのほかお好きでな。娘のこの仏さんも、時々買いに来てくれた――」

二

炊き立ての飯に一粒、二粒、酒の肴に一箸、二箸と、とにかく、浜納豆は病みつくとたまらない。大豆とも醤油とも異なる、独特な風味が光徳寺の雨露と安徳の糊口を凌がせてきた。

師走が盛りとなる山茶花の花が飾りつけられている。

これを手配したのは烏谷であった。

大きな籠に市中の家の垣根に咲く白い山茶花を集めさせた烏谷は、

「この時季では白菊は無理ゆえ、これで間に合わせた」

先に立って祭壇の飾り付けを始めた。活け花の手ほどきなど受けていないはずなのに、なかなか巧みに白い山茶花を喪にふさわしく飾っていく。

季蔵に気づいた烏谷は、

「お涼には内緒だ、よいな――」

やや声を低めてぶつぶつと呟いた。

ちなみに烏谷と長く寄り添っている元芸者のお涼は、今は長唄の師匠として自立し、あえて妻になろうとはしていない。

履物屋の隠居の喜平と大工の辰吉は常連だが、二人に加えて、元常連客の指物師の勝二が姿を見せて久しぶりに三人が揃った。

「自分で言うのもなんだが、女好きの助平だけが玉に疵、これでも下駄作りの腕は天下一品だったのさ。あの大網元の孫右衛門さんにも認めてもらえるほどだった。それで、歩き始めた時から、あんなことが起きるまでずっと、お理恵さんの下駄を作らせて貰ってた」

喜平はしんみりと洩らした。

「それなら、供物は下駄がいいんじゃないかって俺が言ったんだけどね。女房のおちえもそうだけど女は下駄好きなもんだよ」

愛妻家の辰吉は一瞬ほろこびかけた表情を殺して無理やり渋面を作った。

この一瞬、季蔵は思わず勝二を見遣った。

酒を飲んでいて、喜平、辰吉のどちらかから、女や女房の話が出ると十中八九、殴り合い寸前の喧嘩になりかねない。

——まあ、でも、今は酒も入っていないことだし大丈夫だろう——

「一度、お理恵さんの長屋まで、孫右衛門さんの供養を兼ねて、下駄を持って行ったんだが、どうしても受け取っては貰えなかった。履いてたのは履き古してちびた下駄だった。こんな目に遭っていいお人じゃないのにって、帰り道は泣きに泣いたよ。それからも、時々、ふっと気にかかったが、相手には迷惑なんだろうって思って、考えないようにしてた。だから、下駄は今更なんだよ」

ぽろりと大粒の涙をこぼした。

「それでこれなんです」

勝二が風呂敷包みを解いて、男物と女物の箸を見せてくれた。

「喜平さんと辰吉さんに頼まれてすぐに、取りかかりました。ちょうど仕事が仕上がって、納めたばかりで時があったんで、箸作りの準備をしていたところでしたから。ありがたかったです。これもきっと何かのご縁ですね。せめてあの世では苦しい現世の末路を忘れて、楽しく父娘でこれを使ってほしいと思いました」

勝二は、めっきり皺の増えた目元を瞬かせた。

指物師の親方の娘に惚れられ、婿養子になった勝二は、喜平や辰吉同様塩梅屋の常連だったこともあった。しかし、突然、義父である親方に死なれてからは、気楽な身分を返上し、女房と一粒種の男の子を養うべく、真剣に指物師として身すぎ世すぎしていたのである。

五平と家に戻った豪助はそれぞれ、連れ合いと一緒に訪れた。どちらも幼い子どもがいる。そのせいもあって、以前、烏谷が催した花見の宴で互いの子育ての話で意気投合して以来、特に女房同士は付き合いがあった。

――おちずさんとおしんさんは気が動転してて、この場は重すぎる――

察した季蔵は焼香が済んだところで、

「今夜はありがとうございました。どうぞ、通夜振る舞いはお持ち帰りになって、お宅で休まれてください」

すでに用意してあった、春菊料理四種の入った包みをおちずとおしんに手渡した。

すると、

「ああ、こんなこと――どうしてなの？」

たとえお理恵と面識がなくても、感じやすいおちずは涙が止まらず、

「この結末、あたしが尚吉さんを追い出したことと関わりがあるの？　尚吉さんとお理恵さんの縁結び、あたしできたかもしれない、なのに、あたし――」

おしんの方は泣くまいと歯を食いしばった。すると豪助が、

「自惚れんな、おめえのせいじゃない。善太が待ってるんだ。早く帰れ」

一喝したので、二人は亭主たちを残して連れ立って帰って行った。

着替えに帰ったおき玖は蔵之進と訪れ、焼香の後、烏谷とお涼に挨拶して帰った。

その他にも季蔵の知り得ない大勢の人たちが悔やみに訪れた。中には、

「ったく近頃の瓦版には驚かされるよ。通夜の場所がここで、安くて美味いってえ評判の塩梅屋の主が、腕を奮って通夜振る舞いをするんだって書いてあったんだから。けど、こっちは何もそれが狙いで来たわけじゃないよ。いくら俺が酒好き、春菊好きでもさ。孫右衛門さんは大網元で、今度殺されたのはその一人娘だろ、この俺が手を合わせてやらなきゃ、あんまり浮かばれないじゃないか」

などと話す、自惚れた野次馬の弔問客もいたが――。

これを耳にした烏谷は、

「なるほど、火付け役は瓦版屋だったのか」

可笑しくてならない様子を堪え、

「それでこんなに人が来てやがるんですね」

舌打ちした松次は、常と変わらず冷や酒を水のように呑んでいる田端にため息混じりに洩らした。

三吉も、

「そういや、おいら、裏にいた時、裾をからげた、親分みたいな様子の男に、しつこく通夜の料理は何かって聞かれたっけ。瓦版に通夜振る舞いの中身まで書いてあったんなら、あの男、瓦版屋だったんだ、瓦版屋って凄いよね、こんだけの人、ここに集めちまうんだから、凄い、凄い」

興奮のあまり、誰も覗かせることなどない、喪には禁忌の白い歯を見せてしまった。

――困った――

咄嗟に季蔵は、

「寂しすぎて切ない通夜でなくてよかったです」

精一杯取り繕った。

この後、夜五ツ半（午後九時頃）近くに烏谷とお涼は帰り、

「俺は寝ずの番をする」

豪助は言い放ち、

「今は亡き父の分も供養させてください」

五平も帰る気配は無かった。

「おいらだって、朝まで寝ないでいられるよ」

意地でも帰ろうとしない三吉を、

「明日の朝飯を頼みたいので、今日は帰って寝てくれ」

ようやっと帰して、季蔵はやれやれと一息ついた。

寒さがしんしんと加わって、通夜の夜は更けていく。

戸の開く音がして、

「お邪魔いたします」

聞き慣れない男の声が続いた。

からげた裾から股引が覗いている、岡っ引きに似せた姿の若い男が入ってきた。十手は手にしていない。

――たぶん、この男は三吉から聞き込もうとした瓦版屋だ――

その男は市中の男には珍しく両鰓がすとんと落ちて削げていて、小さめの顔の顎がしゃくれている。女たらしや詐欺を働く軽薄者に見えないこともないが、意外にも強い目力が備わっていた。

「瓦版屋さんですね」

季蔵は穏やかに訊いた。

「へえ、総太と申しやす」

頷いた相手の顔色はやや青く、

「あっしは稼業に精を出してるだけのことなんですが、ちょいとまずいことになっちまいまして、長いもんには巻かれるしかなくって――」

後ろを振り返って戸口の方を見た。

三

——これは——

季蔵は一瞬目を疑った。

干鰯問屋の小峰屋忠兵衛、孫右衛門亡き後、名実ともに江戸一となった網元の史郎右衛門、その右腕である余次郎——まさに季蔵が向島の小峰屋の寮に呼ばれた時の主な顔ぶれだったからである。ただし、尚吉は一緒ではなかった。

忠兵衛と余次郎は作り物の沈痛な面持ちを崩さずに線香を手向けたが、史郎右衛門はふんと鼻で笑って両手を合わせた。

総太はじりじりと後ろに下がって、隙を見て逃げだそうとしている。

「総太さん、あんたも焼香しないとね」

余次郎に顎をしゃくられると、

「俺はお理恵って女の骸が、番屋からここに運ばれた時にこっそり手を合わせたからいいんだけどな」

言い返した総太に、

「瓦版屋の分際でつべこべ言うな」

史郎右衛門が甲高い声を出した。

総太は無言で焼香を済ませると、立ち去るのを諦めたのか、もう戸口は見なくなった。

「よくいらしてくださいました」

季蔵は頭を垂れた。

「あそこまで瓦版に書かれてはな」

史郎右衛門は不機嫌そうにため息をついた。

「ここへ悔やみに来ずにはいられない、と史郎右衛門様を説き伏せた。孫右衛門さんとまんざら知らない仲じゃなかったし、俺も今でこそ史郎右衛門様の下で働いてるが、元は孫右衛門さんのところにいたんだ、足を運ばないわけにはいかないんでね」

余次郎が取り繕うような物言いをした。

「わたしの方は残念ながら、孫右衛門さんともお嬢さんともお目にかかったことなど無いのですが、このお二人との縁でまいりました。南無阿弥陀仏、南無阿弥陀仏」

相変わらず、忠兵衛は如才なく丁寧な話しぶりで、瞑目して念仏を唱えてみせた。

「ささやかですがこちらにお席を用意してございます」

季蔵は四人を店の小上がりに案内し、まずは淹れた茶と酒を勧めた。

すでに五平と豪助の姿は無かった。

忠兵衛と余次郎、総太は申しわけ程度に盃を傾けただけだったが、史郎右衛門は皿に取って次々に箸をつけては、

「天麩羅は冷めている、握り飯の海苔が湿っている、黒いなりは八百良に大きく劣る、春菊の匂いのする餅は固くて嚙みきれない」

苦情ばかりを口にした。

「申しわけございません」

季蔵は詫びたが、

「わしにこのようなものを食わせるとはな」

史郎右衛門は表情の摑めない白い顔で絡んできた。

「申しわけございません」

季蔵は深く頭を下げた。

「わざとだろう?」

「まさか──」

「何の恨みだ?」

「恨みなどございません。ただ、向島ではお褒めをいただいただけに残念ではございます」

「ようは二度目は手を抜いたのだろう、このわしを馬鹿にしおって」

あろうことか、史郎右衛門は手にしていた数珠を季蔵に向けて振り上げかけた。

この時、勝手口の戸が開きかけた。

──今は出てきてほしくない、出てくれば、この男が日頃から溜めている怖れゆえの妄想の火が燃えさかって、さらに収拾がつかなくなりそうだ──

季蔵は五平と豪助が潜んでいる方をじっと見ている。二人はこのむずかしい事態を察したのか、戸はもうそれ以上開かなくなった。

――まずはよかった――

「寒くなってまいりました。お口直しも兼ねて燗の酒を付け直しましょうか？」

季蔵は史郎右衛門の機嫌を取ろうとしたが、

「毒でも入れられては敵わぬゆえ、口直しはこれでいい」

相手はすでに冷たくなっている茶を啜ったが、すぐにげっと叫んで吐き出し、

「毒だ、毒だ、これにも毒が入っている」

叫びながら、ごほごほと咳をこぼし続けた。

「水をお持ちいたしましょうか」

季蔵が気を利かせても、

「殺される、殺される、助けてくれ、助けて」

譫言のように繰り返すばかりであった。

咳の止まる様子はない。

「わたしではないどなたかが井戸から水を」

他の三人それぞれ顔を見た。

「そ、それはむ、無理というものですよ」

忠兵衛はいの一番に怖れをなし、

「こうなると、史郎右衛門旦那はなかなかむずかしい。そうだ、医者だ、医者だ、誰か

——。誰もいないんなら、季蔵さん、ひとっ走り、薬研堀の沼田昭雲先生を呼んできてくれ。史郎右衛門旦那のかかりつけなんだ。礼金ははずむよ、ほれ、この通り」

冷や汗をかきながら余次郎は財布を取り出した。

「そうは言っても、薬研堀までは時が相当かかるよ」

総太が口を挟んだ。

「なら、始終市中を走り回っているあんたでもいい」

余次郎は掌の上にのせた銭の数を増やしたが、総太はひとっ走りを断る代わりに、

「こういうのには、まずは水だよ、俺が井戸水を汲んでくる」

空の湯呑みを手に戸口を出て行った。

史郎右衛門は咳き込み続けている。

井戸水の入った湯呑みを手にして戻ってきた総太が当惑顔だったのは、後ろに、ややふくよかな身体つきと柔らかな表情が、菩薩のような温和さを醸し出している大年増が、特別に誂えさせたと思われる、総絞りの黒い着物に身を包んで立っていたからであった。

「滋養屋の幸乃と申します。こんな夜分遅くに申しわけありません。瓦版で知りまして、どうしても亡くなった方の供養をさせていただきたかったのです」

幸乃は緊張した面持ちで頭を垂れた。その後ろには風呂敷包みを抱えた手代が控えていた。

「恐れ入ります」

っている。

季蔵の応えを掻き消すように、史郎右衛門の咳はごぼごぼ、げぼげぼといっそう酷くな
「これはいけませんね」

幸乃は手代に目配せした。

手代が風呂敷包みの結び目を解くと、長四角の箱が出てきた。蓋が取られた。

「仏様への供物の飴のつもりでしたが、そちらの方にはこれが要りますね」

幸乃は切り口が斜めになっている、茶銀色の飴を摘まんだ。

「これを舐めていただく前に、この方がお持ちになったお水で、咳で荒れた喉と口を癒しておいてください。そうしないと飴が喉に詰まってしまいかねません」

史郎右衛門に対して、有無を言わせぬ口調で指示した。

「ど、毒、毒では？」

首を横に振り続ける史郎右衛門を、

「旦那様、今市中で滋養屋といえばたいした商いで知られている飴屋ですよ。それに飴は喉にいいと昔から言われています」

余次郎が懸命に宥め、

「滋養屋の人気は、蜜柑飴などの特別なものを除いて、飴の元になる水飴や薬効のある葉等のほとんど全てを、女主自ら拵えているからだと聞いています。ですので、毒なぞであるわけもございませんでしょう。ところで、滋養屋さん、それ、鹿角散飴でしょう？」

忠兵衛も倣って、幸乃が摘まんだ茶銀色の飴を指差した。

「左様でございます」

幸乃はつつましく応え、

「実はわたしのところも奉公人たちに寝つかれては仕事になりませんので、このところ、夜食代わりに鹿角散飴を配っております。特に冬場は滋養屋さんのお世話になりますね。とかくこの手のものは秘伝が多いのですが、滋養屋さんではどの飴も、使われている中身を公にしていたはずです」

余次郎の向こうを張って説得に努める忠兵衛は、額から冷や汗を噴き出させていた。

「鹿角散飴の元になる鹿角散はハッカ・龍脳・鹿角霜といった生薬に由来しています。実は鹿角散は何年か前に、ある藩の藩医が調合して、喘息で死にかけていた子どもを治したという優れものです。ですので、ご安心なさってください。さあ、お水を飲まれてからこれをお舐めになって――」

この言葉に史郎右衛門は咳き込みつつ頷いた。

幸乃は総太から湯呑みを受け取ると、甲斐甲斐しく、史郎右衛門に水を飲ませて、咳を落ち着けた後、

「お殿様、あーんとお口を開いてくださいませ」

鹿角散飴を相手の舌の上に置いてやった。

史郎右衛門はぺちゃぺちゃと音を立てて鹿角散飴をしゃぶり、咳がぴたりと止まり、

「美味い、気に入った」

幸乃に向けて微笑んだのだろうが、口元が醜く引き攣れたようにしか見受けられなかった。

四

「その飴は貰っていく」

史郎右衛門は滋養屋の手代へ手を差し出した。

「お気に召していただいて何よりです」

幸乃は供養のための飴箱を手代から取り上げると史郎右衛門に手渡した。

「帰る」

史郎右衛門が立ち上がると、

「それではわたしたちも」

忠兵衛と余次郎も倣った。

すでに総太は戸口の前まで行っている。

その総太に、

「いいか、言われた通り、書くんだぞ」

余次郎の凄みのある声が飛んだ。

幸乃は手代と共に焼香を済ませると、

「あなた様のおかげで助かりました」

　礼を言って頭を垂れた季蔵に、

「私どもの飴がお役に立ってよかったです。あのままにしていたら、喘息に似たあの咳は命取りになったかもしれません。これはもしかして、孫右衛門さんの娘さんの御霊が引き合わせてくだすったのかも――。ここにいる仏様は、孫右衛門さんの娘として何不自由なかった時は驕らず、その後長屋暮らしになった時は耐えがたきを耐えながら忍耐強く、どんな時も変わらず、お父様譲りの篤実な人柄だったと瓦版に書かれていました。ですので、今夜、このような成り行きになったのも供養のうちのような気がしてきました。飴の詰め合わせは明日、野辺送りの時にまたお届けいたします」

　しんみりと胸中を告げた。

　幸乃が帰っていくと、

「やれやれ」

　勝手口から店に入ってきた豪助は、

「こんなに胆が冷えたことは今までに無かったよ」

と言い、五平は苦笑した。

「供養の続きに飲み直しましょう」

　季蔵は酒の燗を付けた。

「それにしても驚いたよ、あの余次郎が今は江戸一の網元の史郎右衛門の右腕になってたなんて」

豪助は憤怒の面持ちでいる。

「そもそもが幇間(ほうかん)みたいに機嫌取りだけで飯を食ってるような奴なんだよ、余次郎は。調子がよくて、ずる賢いだけで取り柄(え)はほとんどない。漁師の倅(せがれ)の癖に命掛けの漁が嫌いで、楽して暮らすのが好きだって、いつも言ってたけど、その通りになってやがった。こんな奴にお天道様の陽が当たるなんて、お天道様も実は世辞まみれが好きなんじゃねえか――」

豪助の吐き出すような物言いに頷いた五平は、

「瓦版屋の総太さんに多少の反骨を感じて、これはちょっと気になりました。とはいえ、そのちょっとだけじゃ噺(はなし)にはなりません。力があるというだけで、史郎右衛門さんのあそこまでの愚行さえも皆でよいしょしてるだけでしたからね。馬鹿馬鹿しくて滑稽(こっけい)ではあっても、よいしょする理由に見当がついているだけに、笑えないし、全く面白くありませんでした。特につまらないのは忠兵衛さんというお人。この世に大真面目(おおまじめ)なよいしょほどつまらないものはありませんよ」

手厳しい人物評を加えた。

「五平さんは忠兵衛さんと商いでお会いになったことは？」

季蔵は訊いてみた。廻船(かいせん)問屋の長崎屋(ながさきや)が小峰屋の干鰯を仲介運搬していないとも限らないからである。

「見かけたことはありますが、話をしたことはありません。一度、人を介して、噺の会にお誘いしたのですが、仕事一筋なのか噺がさほどお好きではないのか、おいでにはなりませんでした。おやじの頃は干鰯も積荷で引き受けましたが、今では日の出の勢いの干鰯問屋が自前の船であちこちへ運んでいます。わたしたち廻船問屋の出る幕ではありませんよ」

「お父様が引き受けていた干鰯の積荷の元は？」

「おやじは孫右衛門さんと親しかったですから、おそらく、その縁だとは思いますが、どことまではわかりません」

「滋養屋の女主幸乃さんのことは？」

「これが全く初耳でして——まあ、わたしもつきあいのある商い連中もこれの口ですからね。飴と聞かされて浮かぶのは飴幽霊だけで、市中に大人気の飴屋があることにさえ不案内でした、面目ない——」

頭を掻いた五平は盃を傾ける仕種が上手かった。

——実はわたしも知らなかった——

季蔵は豪助の方を見た。

「たしか飴幽霊ってえのは、行き倒れて墓に葬られた女が子を産んで、その子のために夜更けて墓を抜けだし、飴屋に通って、乳の代わりに飴で赤子を育てるってえ、泣かせつつちょいと怖い幽霊話だったよね。滋養屋には幽霊飴って名の滋養飴まであるんだそうだよ。

ただし、売られてるのは冬場だけで、さっきの鹿角散飴なんて足元に及ばないほど高い」

豪助は話し始めた。

「ほう、どんな飴だ？」

季蔵は訊いた。

「何でも、和三盆と牛酪（バター）が使われてるんだと」

和三盆は徳川吉宗が享保の改革で推奨した砂糖作りによって、高松藩を皮切りに徳島藩へと広がった高級砂糖である。

「くわしいな」

「おしんの奴が〝何と言っても仕事は元気な身体が勝負、あたしはお酒も煙草もやらないから、せめてこのくらい贅沢させて貰う、疲れた時は飴が一番、疲れ知らずにも普段から飴〟なんて言いやがって、すっかり、滋養屋の飴に嵌まっちまってるせいだよ」

「おしんさんは滋養屋の女主とも親しいのか？」

「あれほど買えばいい得意先だからな」

「女主幸乃さんの話は？」

「聞いたことはない。さっきみたいに賢く立ち回れる女だから、勧め上手なんだろう。おしんなんか、赤子の手を捻るよりたやすく扱われて、次から次へといろんな飴を買わされてるんだよ、きっと」

「お内儀さんの勧めで飴を舐めたことは？」

五平が口を挟んだ。

「風邪引いて、喉がいがいがしてどうにもなんねえ時に、伊吹麝香飴ってえのをおしんにしゃぶらせられたよ。何でも、遠い彦根と美濃にまたがってる伊吹山ってえ、神世の昔から有り難がられてる、薬草の生い茂る山があって、そこの岩場なんかに生えてる野生の薬草の一種が、伊吹麝香草（タイムの一種）なんだってさ」

「実はわたしも風邪の時、おちずに舐めさせられた。何とあれは滋養屋のものだったのか」

五平は苦笑して頷いた。

「長崎屋さんのお内儀さんとうちのは仲がいいですからね。うちのが勧めたんだろう」

「味や効き目はいかがでした？」

季蔵はさらに訊いた。

「嗅ぎ慣れない強い香りでしたが、甘味とも合ってて、すっきりした後口でした。正直、普段も舐めたくなりましたが、世間では、飴といえば女子どもの好物なんで、もっと舐めたいとは言い出せませんでした。それで喉の痛みがほとんどなくなっても、まだ痛いふりをしてました」

五平の言葉に、

「香りだけ嗅いでると苦いかなって敬遠したくなったんだけど、舐めてみると全然苦くなくて、こんなに美味しい良薬はないと思った。一日続けて舐めてたら喉の痛みがおさまったよ」

今度は豪助が頷いた。

一連の話が一区切りついたところで、

──わたしと史郎右衛門さんのやりとりで初対面ではないとわかってしまったのだから

──

季蔵は向島の小峰屋の寮に呼ばれた話をして、

──ただし、尚吉さんまで同席していたことは、何に加担しようとしているのかと、豪助の気を揉ますだけなので今はまだ、黙っていよう──

「ところで、なにゆえにあのお三人は、瓦版屋の総太さんまで連れてここへ来られたのでしょう？」

肝心な疑問を投げつけてみた。

「そりゃあ、やっぱし、孫右衛門さんに鞍替えしてすっかり羽振りのよくなった余次郎は、多少なりとも、良心の呵責を覚えたんじゃねえのか？」

「余次郎さんが言い出したことだというんだな」

「ん」

「さっき、余次郎さんにはいいところなどないと言ってたぞ」

「それ、ないとは言ってない、ほとんどないって言ったんだよ」

豪助は低く呟くように言った。

──みそくそに言っていたが、短い間とはいえ、豪助にとっては、漁師をしてた時の昔の仲間だろうから、無理もないが──

季蔵が意を決して、その言い分は欲目じゃないのかと豪助に畳み込もうとすると、

「どうしても、と網子上がりの同業者に乞われて、噺の会に史郎右衛門さんをお招きしたことがありました。もちろん、さんざんな振る舞いで会は台無しでしたよ。ですから、余次郎さんに元主の孫右衛門さんと、愛娘のお理恵さんへの供養の気持ちがあったとは思えないんです。多少なりともそれがあったら、慇懃すぎる物言いがかえって不審な忠兵衛さんはともかく、あの誰もがすっかりおかしいと感じている史郎右衛門さんまで、一緒に連れてきはしないはずです。市中広しといえども、あの人ほど悔やみの席にふさわしくない御仁はいないでしょうから」

五平はきっぱりと言い切った。

五

五平のこの指摘に、

「たしかにそうだな」

豪助はやや悲しげに頷いた。

「これはあくまでも当て推量ですが、弔問をするよう、余次郎さんが史郎右衛門さんを説得したのだと思います。こんなに遅くなったのはなかなか史郎右衛門さんがうんと言わな

かったからでしょう。おそらく、忠兵衛さんはたまたま居合わせていて、義理でついてきたのではないでしょうか」

季蔵は思うところを口にした。

「だとすると、何であいつ、瓦版屋の総太まで一緒だったんだい？」

豪助は首をかしげた。

「総太さんの両手首に赤い筋が付いていました。そして両足は下駄ごと泥まみれ。これはおそらく、誰かに襲われて、逃げだそうとして飛びかかられて地べたにねじ伏せられ、左右から強く両手を摑まれたのではないかと――」

「読めたっ！」

五平は両手をぱんと鳴らして先を続けた。

「今、市中は忙しい年の瀬だというのに、孫右衛門さん父娘と塩梅屋での通夜と野辺送りの話で大騒ぎです。史郎右衛門さんは、瓦版が、――孫右衛門は実は潔白だったのではないか、だとすると、何と悲運な父娘なんだろう――と書き立てているのに腹を立てたはず。あの史郎右衛門さんなら孫右衛門さん父娘が、人々の関心を集め、持て囃されているように感じてもおかしくないお人柄ですから。総太さんの瓦版には、――これを機に孫右衛門事件の真相が明らかになるのではないか――なぞとも、読み手を誘う予告もされていました」

「それにしても史郎右衛門さん、よくここへおいでになりましたね」

季蔵は相づち代わりに呟いた。

「そこで右腕で知恵者の余次郎さんの出番です。余次郎さんは雇っているごろつきたちにでも総太さんを連れて来させ、史郎右衛門さんと一緒に弔問に行かせて、この事実を瓦版に書かせようとしたのだと思います。かつての同業者とその娘の死を悼むというような、ちょっとした美談としてね」

「そんなことまでして、得することってあるのかね」

　豪助はまだ首をかしげたままであった。

「史郎右衛門さんは会えば誰にでもわかる、嫌な奴を通り越したおかしな気性の人ですが、瓦版に書かれている通りを信じる人たちは多いものです。余次郎さんはこれを利用して、主の史郎右衛門さんの人気を得ようとしたのでは？」

「言っとくけど、網子たちには、とことん人気はないぜ。網子たちは孫右衛門さんの爪(つめ)の垢(あか)でもいいから飲ませてやりたい、あいつの非道ぶりは知ってる。獲(と)れ高(だか)の分配のしろわけだって、どんなに網元が取っても、七割までだってえのに、あいつは八割、九割も取ってて、あそこの網子は首を吊(つ)ったり、子どもが飢えて死ぬこともあるって聞いてる。人がどうなってもかまわねえってあんな奴が、いったい誰の人気を取りたいってえんだい？」

――向島の小峰屋の寮で宴が終わった後、忠兵衛さんと余次郎さんの話から洩れ聞こえた〝しろわけ〟とは獲れた魚の取り分のことだったのだな――

　季蔵はなるほどと思った。

「人気と信望が両立していた孫右衛門さんはお上からお役目を賜って、苗字帯刀相応を許され、土地の神社の氏子代表にも連なり、海辺ならではの政や商い、祭祀等の権限を行使していました。こうなるともう、網子の頂点に立っているだけのただの網元ではありません。そして、これらには大きな特典が伴います。孫右衛門さんにその気がなかっただけで、やりようによってはもっともっと途方もない財が築けたはずです。余次郎さんはそこに目を付けていたのでしょう。また、自分が一番だと常に確認したい、目立つことが好きな史郎右衛門さんにとって、異存などあろうはずもない。愚痴めいた文句で困らせはしたでしょうが、結局は余次郎さんの説得に従ってここへ来ました。ただし、人気や名の知れることと信望は違います。この企み、とらぬ狸の皮算用にならなければよろしいが――」

五平は珍しく、皮肉な物言いで長い話を締め括った。

さらにまた夜は更けていく。

いつになく深酒した五平は座ったまま舟を漕ぎ始め、豪助は盃を手にしたまま、

「けど、どうして、尚吉兄貴はここへ来ねえんだよ、薄情が過ぎるってもんじゃねえかよ」

怒鳴り散らした挙句倒れ込んで寝てしまった。

しんしん、しんしん、通夜の夜の音が厳かに聞こえていた。

――大晦日は雪になるのかもな。それにしても、好いて好かれた仲だった尚吉さんが、お理恵さんの通夜に来ないなんてことはあり得ない。あの男が来るのなら――

ふと気になった季蔵は戸口ではなく勝手口の戸を開けた。

まだ、雪は降り出していなかったが、思わず両肩が縮むような寒さであった。

――おやっ――

勝手口を開けてすぐの土の上に、まるで捧げるかのような白いものが見えた。

拾い上げると一瞬はお理恵の骸を供養している白い山茶花のようだった。

――誰かが持ち出して、勝手口でも供養しようとした？――

季蔵は白い花のついた枝を手にして店の中へ入ると、山茶花とその花を交互に見つめた。

勝手口にあった花はたしかに山茶花によく似てはいたが、仔細に比べると異なっている。

山茶花の花弁は華麗に開ききっていて、花弁を散らしかけているものもあるが、その花は伏せた鐘のような形であった。

季蔵はいつだったか、遠い昔、

「山茶花と椿はね、従姉同士みたいなものなんだけれど、やっぱり違うのよ。わたしは花がぽとっと落ちるせいで、あまりよく言われていない椿が好き。開きすぎない花が可愛いもの、特に白い椿が大好き――」

当時は今のような心の病を患っていなかった、元許嫁の瑠璃の言葉を思い出していた。

――山茶花によく似て非なる椿、これをお理恵さんに捧げていったのは尚吉さんだ、間違いない。やはり、尚吉さんはここへ来ていたのだ――

季蔵はこれほど切なさで胸が詰まったことはなかった。

――きっとお理恵さんも瑠璃同様、白い椿が好きだったのだろう。山茶花は師走(しわす)が咲き頃だが、椿はこれからのはずだから、尚吉さんが白い椿を探すのはよほど時がかかったはずだ――

得心した季蔵は、その白い椿の花を湯呑にさして、お理恵の枕元にそっと置いた。

ほどなく雪が降り始め、予期した通り、翌朝の外の眺めは白一色となっていた。小雨を思わせる雪はまだまだ降り積もるかのようだった。

朝餉(あさげ)の用意のために、雪道を難儀しつつ、やってきた三吉は、はあはあと白い息を吐いて、

「おいら、こんなに朝早くに瓦版が売り出されてたの、初めて見たよ。総太って男が雪まみれになって売ってた」

早耳ぶりを発揮した。

――あれから寝ずに文章を作り、版木屋が仕上げてこんな日に朝から売りさばいたのか――

中身が気になった季蔵は、

「読んだのか？」

訊かずにはいられなかった。

「ううん、こんな天気なのに、すぐ売り切れになっちゃったから。聞いた話じゃ、何でも、

〝塩梅屋通夜振る舞い料理、江戸一網元史郎右衛門九死に一生〟てぇ、見出しだって。塩梅屋も名が知れたもんだよね」

二日酔い気味の五平は、これを聞くと、すぐに人をやって、噺のネタ拾いのために買い続けている瓦版のうち、総太が出している最新のものを届けさせた。

それには以下のようにあった。

日本橋は木原店（きはらだな）の塩梅屋の主が男気で取り仕切った、元江戸一の網元孫右衛門の娘お理恵の通夜は、濡れ衣（ぬれぎぬ）の疑いがあったにもかかわらず、打ち首となった孫右衛門が愛娘と共に悼まれるかのような感があった。

春菊料理の清々（すがすが）しさが何とも父娘の供養にふさわしかった。

孫右衛門の後、江戸一網元の座に座った史郎右衛門、商売大繁盛の干鰯問屋小峰屋の主忠兵衛まで弔問に訪れ、大江戸の商いを仕切る立役者にして大物二人の登場となった。

しかし、まだまだこれでは終わらない。意外な流れが待ち受けていたのである。

通夜振る舞いを楽しんでいた史郎右衛門が急に咳き込み始めたのである。止まる様子のないまま時が過ぎていく。

この咳は命取りになるのか？

連れの忠兵衛や史郎右衛門の配下が塩梅屋の主と共に狼狽（うろた）えていると、戸口が開いて、様子のいい大年増が供と一緒に入ってきた。

大年増もまた、供養の線香を上げ、とっておきの供物を捧げるつもりのようだったが、史郎右衛門の急場を目にして、急遽、女医者よろしく、優しく甲斐甲斐しく手当を始めた。これぞ、女気、江戸一番。

この女はいったい何者なのか？　本当に医者なのか？　結果、史郎右衛門の咳は止まり、すっかり良くなったが、用いた特効薬とは何だったのか？　これは次のお楽しみ、お楽しみ――

六

――これでは少しも、史郎右衛門さんの人気取りにはならない――

季蔵の胸のあたりがすっきりし、

五平は、

「うん、よし」

こみあげてくる吐き気を笑いに変えた。

「やったな、あいつ」

起きだしてきた豪助は大根おろしと納豆を箸でぐるぐると混ぜて飯にかけると、

「いいんですよ、こいつが何より二日酔いに」

上機嫌で五平にも勧めた。

半刻（約一時間）ほどして、滋養屋から飴を詰めた箱が届けられてきた。

菓子好きの三吉は、

「わーっ、いけない、こんな時にこんな声出しちゃいけないよね。でも、おいら、同じ飴でもそこらの水飴や鼈甲（べっこう）飴なんかじゃない、身体や心に効き目のあるって話の滋養屋の飴は憧れなんだよ」

食い入るように、飴の名が書かれた紙に目を落とした後、声に出して読み始めた。以下のようなものであった。

飴生地無色　ハッカ飴　黒胡麻（くろごま）飴
白色　白牛酪飴　甘酒飴
黄色　生姜（しょうが）飴　柚子（ゆず）飴　カミツレ飴
緑色　抹茶（まっちゃ）飴　煎茶（せんちゃ）飴
橙色　蜜柑飴
赤色　紅花（べにばな）飴
紫色　ヒロハラワンデル（ラベンダー）飴　小豆飴
茶色　鹿角散飴　肉桂（にっき）飴　ほうじ茶飴
黒色　黒蜜（くろみつ）飴

「効き目は別に書かれてる。ハッカ飴は風邪の時の鼻づまり、黒胡麻飴や白牛酪飴は滋養強壮、風邪の鼻水止めにいいのが生姜飴、冷えには柚子飴、甘酒飴、カミツレ飴は頭痛、抹茶飴、煎茶飴、ほうじ茶飴の茶飴の類は疲れに効くんだって。あと、美肌に欠かせないのが蜜柑飴やヒロハラワンデル飴、関節の痛みには紅花飴、小豆飴や甘酒飴は寒さ負けの特効薬、鹿角散飴は咳止めの殿様、抜け毛や皺にいいのが肉桂飴、へえ、黒蜜飴は風邪にも若作りにも、何でも効く万能飴なんだってさ」

滋養屋の幸乃からの供物であるこの飴が詰められた箱は三吉が掲げ持つこととなり、雪の降りしきる中、提灯(ちょうちん)を先頭に野辺送りの行列が塩梅屋から光徳寺へと向かった。

総太の瓦版のせいか、以前からあまりに理不尽な死に方をした孫右衛門に想(おも)いがあり、今は娘お理恵の死を悼む、見も知らぬ人たちが多く加わって、意外に長い行列となった。

行きがかり上、季蔵は位牌(いはい)を手にして、片袖に尚吉の白椿を忍ばせている。

途中、雪道に足を取られたのか、大男が滑って体当たりしてきて転んだ。刀を差した士分である。

「大事ございませんか？」

一瞬、共に転びかけて何とか持ちこたえた季蔵は立ち止まった。手を貸して立ち上がらせると、相手を気遣う言葉を口にした。

「ふっふっふ」

雪よけの菅笠(すげがさ)の下は烏谷であった。ひそめた声に、

「頷くか、首を横に振るだけでよい。そちが向島で飯を食わせた連中は通夜に来たか？」

季蔵は頷いた。

「尚吉は？」

「手向けの花のみ」

季蔵が短く応えると、

「わかった、早く、列に追いつけ」

烏谷はわざと大儀そうに雪道を歩き去った。

光徳寺に着くと孫右衛門の形見の煙管を葬ってある墓前で経が上げられた。隣に棺桶に安置されたお理恵の骸が弔われることになっている。

「尚吉兄貴っ」

豪助が誰よりも先に気がついた。

見回しても尚吉の姿はないが、先回りしたのだろう、雪を被っている、煙管しか入っていない墓に、沢山の白椿が手向けられている。

墓全体が白椿の小山のようにも、また、清らかな白椿の精だけが住む極楽のようにも見えた。

――花だけの白椿が百、二百、いや、もっとだろう――。通夜の夜を徹して走り廻っていたのは、瓦版屋の総太さんだけではなかった――

「季蔵さん、尚吉兄貴はお理恵さんのことをやっぱり――」

豪助は絶句し、季蔵は黙って頷いた。

――二日酔いも手伝ってか、とうとう豪助はお理恵さんの枕元の白椿には気づかず仕舞いだった。いつ伝えたものかと思っていたが、今ここで尚吉さんの気持ちが豪助に伝わったのならもうそれでいい――

季蔵が豪助に話していないのはこのことだけではなかった。向島で催された鰯の極み味の席に、小峰屋忠兵衛、史郎右衛門、余次郎の三人に加えて、尚吉が連なっていたことも、まだ伝えず仕舞いだったのである。

――あの三人には企みの匂いがしている。そして、三人と尚吉さんとの関わりがわからない以上、豪助は知らない方がいい、巻き込みたくない――

季蔵は墓の前で両手を合わせて帰る弔い客たちを最後の一人まで見送った後、片袖に枝ごと落としてあった昨夜の白椿を、そっと供えた飴箱の上に手向けた。

こうして野辺送りを終えると、新しい年を迎える店の掃除に精を出さねばならず、やっと神棚まで清めて手を合わせるともう年が明けていた。何とも慌ただしい年の瀬であったのだ。

それでも年が明けるのを待って、井戸から水を汲んで、茶を淹れる若水のしきたりはこなし、店の戸口に〝申しわけございません、元日休業いたします〟の貼り紙を張って長屋へと帰った。

申しわけないと断ったのは、塩梅屋は例年、元旦も店を朝から開けていたからである。

楽しくも騒々しい、各家での新年の祝いを済ませた後、近くの神社や稲荷に詣でて、ふらりと立ち寄る客たちの憩いの場が塩梅屋であり、飲み直しの酒と肴の正月料理も用意されていた。

季蔵が覚えているのは自分の家の油障子を開けたところまでで、三日三晩ろくに眠っていなかった疲れが出たのか、ひたすら泥のように眠り込んだ。

おそらく、丸一日は眠っていたのだろう、目が覚めたとたん、季蔵は、

——瑠璃に会いたい、会わなければ——

烏谷の内妻お涼の家に預けられている元許嫁への想いを募らせた。あまりの忙しさゆえに封印していた感情である。

ところが起きて立ち上がろうとすると急な眩暈に見舞われた。空腹も感じている。

——これでは到底走れない。まずは腹ごしらえをしないと——

そこで乾かしたメボウキを煉り込んだ変わり餅があったことを思い出した。薬草園の持ち主でもある良効堂の佐右衛門から届けられてきていたものである。

損料屋から寒い時季にだけ借りている火鉢に火を熾し、餅網を渡して、メボウキ入りの切り餅をこんがりと焼いた。

これに醤油を付けて食べてみたが、メボウキ特有の香気が何よりの旨味で、醤油よりも塩を付けた方が、さらりと胃の腑におさまるように感じられた。揚げ餅にすればなお、塩との相性がよさそうに思われる。

一瞬、それを瑠璃への土産にしようかとも考えたが、佐右衛門の心づくしの餅は、搗いてからまだそう時が経っていない。揚げ餅は揚げ煎餅に近い代物で、からりとした歯応えにするためには、薄く切った上、よく乾かす必要があった。

――それならいっそ――

この時季蔵の頭に三吉が恭しくお理恵の墓前に捧げた、滋養屋の華麗な飴箱がよぎった。

――あれなら絶対喜んでくれる――

そうだ、そうだと両手を打ち合わせた季蔵は身支度をして、滋養屋へと向かった。

滋養屋の間口の広い堂々たる店先は、居並ぶ他の店とは比較にならないほど混み合っていた。〝年賀飴ございます〟、〝新年につき、全品割引いたします〟、〝年賀風邪に罹らぬ飴を是非〟、〝新年早々、品揃え完璧、欠品ございません〟、〝ご自分の飴だけではなく、大切な家族の飴、親しい方へさしあげる飴をお探しください〟等、客の足を立ち止まらせる文言が書かれた紙がそこかしこに貼られている。

幸乃の姿はない。

――困った。幼い頃は風邪で喉が痛む時に薬代わりに舐めさせてくれた水飴や、母上が特別な時に砂糖を焦がして拵えてくれる鼈甲飴が楽しみでならなかったのだが、いつの頃からかどちらとも無縁になっている。だから、どんな飴なら瑠璃がとびきり喜んでくれるのか、全く見当がつかない――

菓子の中で季蔵が最も知り得ていないのが飴であった。

「飴？　大人の男であんな甘ったるいもんが好きな奴なんているのかね。まあ、女はたいてい子どもから婆まで、飴好きさね。男の煙草みてぇなもんかな。女が無心に飴をしゃぶってる様子はいいね、目のやり場に困るほどぞくぞくして色っぽいだろ。煙草と飴の両刀遣いする女？　この世は広いからいねえこともないんだろうけど、ぞっとしねえなあ」

ずっと以前、男女で差がある飴の嗜好について、助平を自認する喜平が面白い話をしてくれたことを思い出してみたものの、この当たらずといえども遠からずの話では、瑠璃を喜ばす飴選びはできない。

七

——本当に困った——

賑わう客たちに圧倒されつつ、季蔵が店の前でしばし立ち尽くしていると、

「どうされました？」

女の細い声が掛けられた。

振り返ると相手は店主の幸乃であった。裾模様に鶴と梅が描かれている、高価な友禅ではあっても、やや控えめな灰緑色の晴れ着を着た幸乃は、弔問に訪れた時と同様、手代を従えている。

季蔵はあわてて新年の挨拶をした。幸乃も白く柔和な表情で挨拶を返すと、

「急ぎの年始詣りからちょうど戻ってきたところでした。何かわたしにご用でしょうか？」

「実は――」

季蔵は供物の飴箱を見て、心を動かされ、是非とももとめたい旨を話した。

「まあ」

幸乃は顔を綻(ほころ)ばせ、

「何ってうれしいこと。こういうの、正月から縁起がいいっていうんでしょうね」

大袈裟(おおげさ)に喜び、

「では、面白いものをお見せしましょう」

季蔵を店の裏手へと誘った。裏手には店構えとほぼ同じ間口の別棟があり、曰(いわ)く言いがたい甘い匂いが流れ出ていた。

「別棟で飴を拵えているのですね」

「普段お売りする飴はある程度作り置きしているのですが、皆様が年賀に使われる矢羽根飴やお宝雪飴は、予想外な人気で品薄になりかけているので、今、必死に職人たちが作り足しているところなのです。よろしかったらご覧になりませんか？」

「ありがとうございます。是非とも見せてください」

季蔵は料理人魂が揺さぶられ、一も二もなく返事をした。

何種類もの飴の作り方を見せた後、

「最後に、とっておきの飴の作り場へ」

幸乃は季蔵をさらに奥へと案内した。

「これは珈琲飴です。特別注文で時季に限らずお作りしています」

隣りに並んだ幸乃が説明してくれた。

――これがあの珈琲だったのか――

季蔵は感慨深くその香気をもう一度、大きく吸いこんでみた。

士分だった頃、季蔵の仕えていた鷲尾家の主は長崎奉行を任じられたことがあり、家臣たちの間では、ここだけの話題として、何かと、遠い異国にまつわる珍しい話や物が取り沙汰されていたものだった。

第四話 寒鰤

一

長崎に随行した者の一人は、得意げに珈琲なるものについて以下のように吹聴していた。

「珈琲豆は長崎でしか手に入らない異国の薬だ。水腫（時に命に関わる病的な浮腫）に効果があるんだそうだ。魯西亜（ロシア）の南下を制すべく、厳寒の地である北蝦夷地（樺太）に出兵した折、兵が皆青物不足となり、水腫病が問題になった。その時お上から貴重なこの豆が支給されたという。珈琲豆とはたいした薬効豆のようだ」

この話を思い出した季蔵は、

「珈琲飴は鹿角散飴のように効験あらたかなものですか？ 水腫の特効薬では？」

訊いてみた。

「珈琲豆より作った珈琲飴は水腫よりも眠気ざましに早く効くようです。なので、夜を徹して書物を読んだり、書いたりなさるお役目の方々や、締め切りに追われる売れっ子の戯作者、試験の勉強をなさるお若い方からのご注文が絶えません。瞬時にして頭がすっきりして目が冴えるとのことです。商家でも切羽詰まった夜鍋仕事の折、奉公人たちに、この眠気を封じる珈琲飴を配りたいところなのでしょうが、なにぶん、高値なのでお頼みにはならないようです」

「先ほど豆を挽いていましたが、あの見たことのない器械は何ですか？」

「異国から入った珈琲の豆挽きです。あちらでは粗く挽いた粉を独特のやり方で煎じて、こちらの茶のように始終飲んでいるそうです。珈琲の豆挽きはそのためのもので、この器械を使わないと、珈琲豆は香りと風味のよい粗挽き粉にならないと聞きました。飴は甘味に加えて香りや風味が勝負です。それで豆挽きも一緒にもとめたのです」

　幸乃はそこで一度言葉を止め、珈琲粉が珈琲飴に変わる様子に目を細めた。

　まずは、柔らかい練り飴が入っている箱の中から、必要な分の飴の塊が取り出される。

　そこに、珈琲粉が加えられ、焦げ茶色の塊が練られていく。白さがもとめられているわけではないので、お宝雪飴ほどは引き伸ばさず、珈琲粉が完全に混じり、固めるために適度に空気を含ませるのが胆のようだった。

　切るのにふさわしい固さになったところで、専用の飴切り包丁がふるわれた。

「いかがです？」

　幸乃に勧められて、季蔵は出来上がったばかりのほんのり温かい珈琲飴を口にした。

　苦味と甘味が完璧に調和していて、

「異国を感じました。味わったことのない極上の甘さ、苦味です。こんな深い味わいの甘味がこの世にあったとは——。何だか、目だけではなく、疲れていた身体もしゃっきりしてきたような気がします」

感銘の程を口にした。

「それはよろしゅうございました。けれども、お相手はご病気とうかがいましたので、目が冴えて眠れなくなってはかえって毒になりますから、これは止しておきましょう。その代わり、供物に選んだ飴に、おめでたい矢羽根飴とお宝雪飴の二種を加えて箱に入れさせていただきますね」

微笑んだ幸乃は控えていた手代に飴箱を持ってこさせると、自ら種々の飴を入れ、季蔵に手渡した。

「今日はわたしのつまらない飴話を、熱心に聞いてくださってありがとうございました」

深々と頭を下げた。

驚いた季蔵は、

「とんでもありません、わたしの方こそ、お忙しい時をいただいてしまって、申しわけございませんでした」

幸乃よりも深く頭を垂れて、

「いかほどでしょう？」

品代を訊ねた。

「いただけません」

幸乃はきっぱりと言った。

「しかし——わたしはこちらの飴をもとめにきたのです」

季蔵は無心に来たのではないという言葉を呑(の)み込んだ。

「あなたには、菜や肴(さかな)、飯と飴という違いはあれど、食べ物を拵(こしら)える者として通い合うものがあると感じました」

「それはわたしも同じですが、只(ただ)でいただくのは、同じ生業(なりわい)をしている者として如何(いかが)なものかと思います」

季蔵は必死に品代を払おうとしたが、

「では、そちらのお品をご都合のいい時にでも、お届けいただいて、わたしの口に返してくださるというのはどうでしょう?」

見事に相手に躱(かわ)されてしまった。

「わかりました」

こうして季蔵は飴箱を手に、瑠璃(るり)が起居している、南茅場(みなみかやば)町のお涼(りょう)の家へと向かった。

「新年おめでとうございます、季蔵です」

門の前で声を掛けると、常はしゃきっと背筋を伸ばし、身仕舞いを正したお涼が出迎えてくれるのが常だったが、

「にゃーお」

猫の虎吉(とらきち)が玄関から飛び出てきた。野良猫だった虎吉が、瑠璃に懐いてこの家で飼われ

るようになってから久しい。雌猫なのに虎吉という名がつけられたのは、雄猫のような勇敢さゆえで、瑠璃を守るためには蛇にさえ怯むことがなかった。

「にゃーお、にゃーお」

虎吉は親しげな鳴き方で季蔵を中へと誘った。

「邪魔をします」

断って下駄を脱ぎ、中へと進むと、奥の部屋からごほごほと咳き込む音がした。

――もしや、瑠璃が風邪を引いたのでは？――

瑠璃のような心を煩う患者は、食の細さも禍してとかく虚弱気味となり、風邪も引きやすく、特に冬の風邪は命取りになりかねないとかかりつけの医者から注意を受けている。

季蔵が奥の部屋へと急ぐと、寝巻の上に真綿の入った袢纏を羽織ったお涼が髪を直していた。

「季蔵さん」

掠れた声のお涼は口を覆って咳を堪えた。

厨の方から砂糖の焦げる甘い匂いがこぼれてきた。

「これ、これ――」

お涼は片手で口を押さえたまま、畳の上に置かれていた引き札を季蔵に渡した。

宣伝チラシであるその引き札は何と滋養屋のものであった。役者絵のように多色使いである。また、年賀用の矢羽根飴やお宝雪飴だけではなく、さまざまな形で色とりどりの飴が描かれていた。まさに滋養屋で目にした飴そのものであり、極めて贅沢な金のかかっている引き札であった。

――これも滋養屋に行列ができる理由の一つだな――

お涼は文机の前に座って、引き出しから紙を取り出すと筆を走らせた。最初の一行は、

〝いいところへ来てくださいました、すぐに厨へ行ってみてください〟とあった。

厨へと急いだ季蔵の目に飛び込んできたのは、瑠璃が薄く油を引いた大皿に落とした鼈甲飴の一つ一つに、丁寧に爪楊枝をさしている光景であった。

爪楊枝をさし終えた瑠璃は、入って来た一人と一匹のうち、一匹を抱き上げると、季蔵に向かってにっこりと無心に微笑んだ。

この時季蔵は子どもの頃、瑠璃と一緒に長火鉢で拵えた鼈甲飴のことを、今ここで起きたことのようになつかしく思い出していた。

鼈甲飴は小さくて浅い鍋に砂糖と水を入れてよく混ぜ、長火鉢の火にかけて、泡がぶくぶくしてくるまで熱を加える。狐色に色づいたところで、素早く、火から外し、菜種油を薄く引いた大皿に、子どもの舌ほどの大きさに落として固めて出来上がる。

「お水とお砂糖の量が肝心ね」

瑠璃が子どもの頃のように呟き、

「そうだよ、水が多すぎると、いくら待っても固まらず、飴にならないのだよ」

季蔵は知らずと同様に応えていた。

──あの時の瑠璃もこうして、爪楊枝で食べやすいよう工夫していたっけ──

熾した七輪の火が他に燃え移っている様子もなく、季蔵はほっと安堵した。

──よかった──

「瑠璃、今、茶を淹れるから、虎吉と一緒に座敷で休んでいてくれ」

季蔵の言葉がわかったのか、虎吉は瑠璃の手からすり抜けて座敷へと歩き出した。瑠璃も後を追った。

季蔵は先にお涼の方へ煎茶と鼈甲飴を並べた皿を盆に載せて運んだ。

「何事もありませんでした」

季蔵が厨の様子を告げると、お涼はよかったと洩らす代わりに肩で大きく息をついて、自分や瑠璃の様子を書いた紙を手渡した。

大晦日から手伝いのお喜美婆は暇を取って、今日の昼まで戻ってきません。昨日、飴屋さんの綺麗な引き札を瑠璃さんと二人で見ているうちに、ここでも出来る鼈甲飴を一緒に作ることにしたのです。ところが朝、起きてみると、あたしは喉が痛くて、先ほどから咳まで出てきました。瑠璃さんにうつしてはいけないと思い、ここへ引っ込んだのですが、瑠璃さんは虎吉と一緒に厨へ入ってしまいました。引っ込む時に瑠璃さんに、喉が痛い、風邪だなぞとあたしが告げたのがいけなかったんです。飴は喉にいいので、たぶん、心優しい瑠璃さんはあたしのためにも鼈甲飴を作るつもりでしょう。火を使うだけに瑠璃さんと虎吉だけでは案じられます。いくら賢くても虎吉は猫ですから、火の始末まではできません。

二

「実は滋養屋の飴を持参しました。咳には滋養飴と言われている鹿角散飴がよいようなので、まずはこちらからどうぞ」

季蔵は飴箱の蓋を取って、ぎっしりと詰め込まれている多種の飴の中から、茶銀色の鹿角散飴を摘まんでお涼に渡した。

お涼は一瞬目を瞬かせると、鹿角散飴に向かって手を合わせ、季蔵には深く頭を下げた。そして、鹿角散飴を口に含むと史郎右衛門の時同様、ぴたりと咳は治まった。

するとお涼は、

「早くこの飴箱を瑠璃さんに見せてあげてくださいな。どんなにか喜ぶことか。あたしも瑠璃さんの笑顔が見たいけれど、咳は止まっても、とかく風邪は伝染るものなのでここにいます」

苦しそうな掠れ声もさっきほどではなくなって、声が続いて出た。

「わかりました」

季蔵は鼈甲飴と飴箱を持って、瑠璃の元へ行き、

「よい物を持ってきた」

開ければ華麗な眺めの飴箱の蓋を取った。

「まあぁ――」

瑠璃は感嘆の声をあげ、目が飴箱に釘付けになったが、次には、

「これを」

瑠璃は季蔵が皿に並べてきた楊枝付きの鼈甲飴を勧めてきた。

「わたしにくれるのか？」

季蔵の言葉に瑠璃はうんと頷いた。

「お返し」

瑠璃の呟きに、

――瑠璃はほんの少しずつだが、物事や世事がわかってきている――

季蔵は心が幾分明るくなった。

楊枝を摘まんだとたん、胸のあたりがかーっと熱くなって、危うく目から涙がこぼれそうになった。

「それでは貰うよ」

鼈甲飴作りで疲れたのか、瑠璃は虎吉ともども舟を漕ぎ始め、季蔵は瑠璃を抱えて二階へと運んだ。ふにゃぁと一つ欠伸をした虎吉がついてきて、すやすやと眠っている瑠璃の夜着の上で再び丸くなった。

この後、季蔵はお喜美婆の戻りを待ち、今のところ、酷かった咳が止まっているお涼の

容態と、昼寝に入った瑠璃のことを告げて託した。

帰り道の季蔵の胸元には、瑠璃から貰った鼈甲飴が油紙に包まれて入っている。季蔵は時々立ち止まっては、胸元に手で触れた。瑠璃の鼈甲飴がいまだ温かいはずはなく、季蔵の身体の熱によるものなのだが、とてもそうは思えなかった。

——瑠璃の飴、瑠璃がわたしにくれた飴、瑠璃の飴——

季蔵は心の中でこの言葉を繰り返しつつ、雪の冷たさで足の指が千切れそうな帰路を歩いた。

瑠璃に会って恢復の片鱗を感じたせいか、この夜の季蔵は客たちと三吉が帰った後も、心が落ち着かなかった。

——あれは本当に恢復の兆しだったのだろうか？　わたしが勝手に思い込んだだけでは？　少し良くなってきたのでは満足できず、もっともっとと望むわたしは欲張り者なのか？——

疑念や自己嫌悪が湧いてくると長屋に帰っても寝付けなかった。

思いついて季蔵は店に行き、掃除に励んだ。

外がうっすらと白んできたように見えたのは、雪がちらついてきたせいだった。

戸口に気配が感じられた。

——今時分、誰だろう？　もしかして？——

おき玖の夫の蔵之進は時折、夜更けに季蔵のところへ立ち寄ることがあった。

――しかし、蔵之進様ではない――

隠れ者を続けてきた季蔵には、戸口の気配に躊躇いが感じ取れた。足音を忍ばせて戸口へと向かい、がらりと大きな音を立てて油障子を引いた。

「今日はあんたに話と頼みがあってきた」

尚吉は季蔵を正面から見据えた。邪心のない強い目をしている。魚の匂いを漂わせているのは、右手一本で大きな魚の尾を摑んでぶら下げていたからであった。

「わかりました、お入りください」

季蔵は招き入れた尚吉に床几に腰かけるよう勧めた。

尚吉は手にしていた大魚をひょいと季蔵に差し出した。

「寒鰆ですね」

鰆は春が旬の魚と思われている。鰆には春に産卵のため、沿岸へ寄る習性がある。そうすると、人目に付きやすく捕獲されやすくなる。そこから上方では〝春を告げる魚〟と見なされ、魚へんに春と書き〝鰆〟となったと言われている。

江戸での鰆は秋から冬が美味とされている。

特に厳寒の頃はよく脂が乗り、寒鰆と呼ばれて珍しがられる。しかし、この季節には鰆の動きが鈍るためあまり獲れなくなる。

寒鰆は高価であり、

「今年はまだ漁が禁止されているはずでは？」

季蔵は案じる言葉を口にした。

市中には競って、美味い珍味や初物食いに血道を上げる輩がいて、金に糸目をつけないこうした富裕層のために、料理屋もまた競って、食通の上客たちに喜ばれる食材を、我先に入手しようと常々腐心している。

幕府は年々激しさを増す、美味いもの入手合戦を取り締まるべく、旬の初めに時を限って売買の禁止を定めてきた。

去年から引き続いて、獲れ高が、がくんと減っている今年の寒鰆もその一つであった。

「そうは言っても、禁止令を出している奴らの口に入るためにも、今は禁漁のはずの寒鰆が釣られている。富裕な商人たちが料理屋に買い占めさせて、自分たちに利のある役人をもてなしてる。もっともこれは寒鰆に限らない。神無月（旧暦十月）の恵比須講の時分に品薄になる鯛だって同じだ。今年あたり恵比須講の鯛にも禁止令が出るだろう」

尚吉はにこりともしなかった。

神無月に出雲に出向かない、留守神である恵比須神や竈神を祀り、無事を感謝し、五穀豊穣、大漁、あるいは商売繁盛を祈願する行事が恵比須講であり、吉兆魚である人気の鯛が競うかのように供された。

「尚吉さんが史郎右衛門さんたちに招かれていたのは、もしや、寒鰆の密漁の仕事だったのでは？」

季蔵は訊かずにはいられなかった。

「春の鰆は網で楽に獲れるが、寒鰆にはそれなりの技が要る。舟の漕ぎ手も釣り手も一人でこなす。網元にとってこの手の密漁ほど旨味のある儲けは他にないだろう」

そこまで表情一つ変えず、淡々と話した尚吉だったが、

「だが、この寒鰆はただの密漁じゃない。おやっさん、孫右衛門さんとお理恵の供養のためだ」

急に声を震わせた。

「あなたはお理恵さんの供養にと、白椿をあんなにも沢山、探されて手向けられていましたね」

「あれじゃ、足りない、足りない。寒鰆はおやっさんとお理恵の大好物だった。何とか、今ここで、一番美味い寒鰆の料理を作ってくれ。お願いだ、この通り」

深く頭を垂れた尚吉の声の震えは止まらなかった。

「やってみましょう」

季蔵は寒鰆を捌き始めた。

三

普通、内臓は丁寧に全て取り除くが、季蔵は考えるところがあって、あえて、雌だった寒鰆の卵巣を別に取り置いた。

三枚におろし、一方の身の皮を剝いで、さくにし、斜めに薄くそぐように切った、そぎ切りの鰆の刺身が皿に盛られた。

「月並みかもしれませんが、新しい魚は鰆に限らず刺身が一番です」

季蔵は醬油と山葵を添えて尚吉に勧めた。

「鰆は鯖の仲間なのだそうです。春の鰆は淡泊な味なので、身の脂が濃厚で独特な風味が秋刀魚には少々似ている鯖とは縁もゆかりもなさそうです。けれども、こうして脂がよく乗った寒鰆の刺身は、鯖ほど癖はない上品さながら、力強く濃い旨味があって、なるほど、鯖の親戚筋だったかと得心させられます」

寒鰆の刺身を口に運びながら、季蔵の説明を聞いている尚吉は賞賛の相づちを打つ代わりに、目尻にきらっきらっと光を滲ませた。

「鯖の酢〆が美味いように、寒鰆の酢〆もなかなかのものです」

季蔵は竈に火を入れ直して、飯を炊くことにして寒鰆の酢〆を拵え始めた。

寒鰆の臭み抜きに塩を振って四半刻（約三十分）ほど置き、塩を洗い流してよく水気を切る。酢、砂糖、塩、醬油、出汁昆布を合わせた汁に一刻（約二時間）ほど漬け込む。

「これは舌に脂がとろりと心地よく絡みつく美味さです。仕上がるのを楽しみにお待ちください。それまでは、是非これを召し上がっていただきましょう」

次に季蔵は寒鰆の塩たたきを作った。

身は皮つきのまま使う。まずは皮目に二、三箇所浅く切目を入れる。こうすると焼けた皮が縮まず、形よく仕上がる。

次に軽く塩を振ってしばらく寝かせ、水が出てきたら丁寧に拭き取る。七輪に火を熾し、綿の入った分厚い手覆い（手袋）を嵌め、網にのせた鰤を強火で皮の側から炙る。皮にしっかりと香ばしい焦げ目がついたら、裏側の身も表面の色が変わる程度に軽く炙る。この時、焼きすぎるとせっかくの風味が失われる。

「御存じでしょう？　この寒鰤の塩たたきは浜たたきとも言われ、漁師さんたちに好まれる寒鰤の食べ方です。身はもちろんのことほどよく溶けだした脂と香ばしい皮も共に味わえるので、刺身より美味しいとおっしゃる方もいるようです」

この時尚吉は箸を伸ばしかけて止め、

「浜たたき、おやっさん、お理恵」

絶句した。

――網元だった孫右衛門と娘さんのお理恵さんは、きっと寒鰤の美味さを知り尽くしていたのだろう――

季蔵は胸に迫るものを感じたが、言葉にも顔にも出さず、

「どうぞ」

促したが、尚吉はうつむいたままでいる。

――尚吉さんは亡き人たちを想って、心が萎えかけている、何とか元気づけたい――

「そうだ、面白い酒を飲まれてみませんか？」

季蔵は離れの納戸にしまわれたままになっている、焼酎があったことを思い出した。

——わたしにとってはこれ以上はない、貴重な酒だ。とっつぁんがわたしにとっておきだと言って、これを舐めさせてくれた。滅多に味わうことのできない焼酎だという話だった。たしか、主家を出奔後、間もなかったわたしは、残してきた瑠璃や親兄弟を想って、たいそう気持ちが沈んでいた。自分を死んだも同然に感じていた。けれども、かーっと全身が熱くなるあの強い酒を口に含んだとたん、この酒を育んだ灼熱の暑さに、そんなことでは甘いぞ、生きろ、しっかりしろと背中を押されたような気がした——

「まあ、飲ってみてください」

皿の上の塩たたきを摘まみながら、季蔵が離れから取ってきた、焼酎の入った湯呑みをぐいぐいと三杯、続けて飲み干した尚吉は、

「効くね。おかげで頭の中が、笑ってるおやっさんとお理恵だけになって、寒鰆の浜たたきを食べてる様子が見えた、幸せそうでうれしかった」

大きく息をついてふっと笑った。

——この男の笑い顔をはじめて見た——

釣られて季蔵も微笑んだ。

店の中に飯の炊ける芳醇な匂いがたちこめている。

季蔵は炊きあがった釜の飯をすし桶にうつすと、すし酢と団扇ですし飯を拵えた後、

「いっせいに咲き乱れる麦の白い花を想わせる芳醇な香りと、重厚なコクのあるこの焼酎

には、コクがあって繊細な肴が合うように思います。思いついたので試してみます」

寒鰆の天麩羅を作ることにした。サクから贅沢に一口大に身を切り取り、小麦粉を水と卵で溶いた衣に潜らせて胡麻油でからりと揚げる。これには粉山椒と塩を合わせた山椒塩がよく合う。

衣も寒鰆の身も共にふわふわに仕上がり、軽めな口当たりで、寒鰆の身の脂と胡麻油、双方の旨味が相俟って後を引く美味さながら、もたれ感は全くない。

「こいつは天麩羅の富士の山だ」

焼酎のお代わりをした尚吉がまた白い歯を見せてくれた。

やっと漬けてあった寒鰆の酢〆が出来上がった。季蔵はこれの汁気をよく切ってから、そぎ切りにして握った飯にのせて鰆鮨に作った。

「この寒鰆の酢〆鮨で寒鰆料理の〆になります。付けるタレの要らない漬け鮨ですので、どうか孫右衛門さんとお理恵さんの墓前にお供えください。お持ち帰られる分は後で別にご用意いたしますので、さあ、どうぞ」

季蔵は淹れた煎茶と一緒に勧め、尚吉はきらっきらっと目の端で美味さを讃えながら、黙々と〆の一品を堪能した。

茶を入れ替えたところで、

——話と頼みはこれだけではないはずだ——

季蔵は尚吉の急に固くなった表情に気がついた。

「豪助(ごうすけ)には俺以外に兄貴と呼ぶ相手がいて、それがあんただと聞いている」

　尚吉は緊張した面持ちで切りだした。

「わたしも同様に豪助から聞いていますが、あなたとの縁の方が先ですので、一の兄貴はあなたでは？」

「それなら、今すぐそいつを返上したい」

「なにゆえです？」

　季蔵は相手を見据えた。

「これ以上、あいつにつきまとわれたくない、足手まといだ」

　尚吉はわざとらしく苦い顔をしてみせた。

「師走飯(しわすめし)ではすっかりお世話になりました。つい、今時贅沢な寒鰆の料理に夢中になってしまい、うっかり忘れておりました。お礼が遅くなってすみませんでした、この通りです」

　季蔵は辞儀をした後、

「豪助はおしんさんや坊やのところへ戻ったと聞いていますが――」

　首をかしげた。

「それがまたぞろ俺が借りてる長屋に戻ってきて、また漁の手伝いをしたいと言い出した。あんたにはさっき話したが、これからの俺の漁は師走飯の時とは違う。密漁だ。慣れない豪助なんかに手伝われてへまをされたら、捕まってこっちまで首が飛ぶ。豪助の奴は、尚吉兄貴、兄貴となついてくれるが、あれは昔の話で今は今だ。ったく、有り難迷惑とはこのことだ」

尚吉は吐き出すような物言いをした。

四

「お理恵さんが亡くなり、この世では結ばれなくなった今、あなたが密漁を請け負う目的は何なのですか？」

季蔵はずばりと訊いた。

「知れたことだ」

尚吉は怒った口調になって、

「お理恵とはいずれは夫婦になるしかないとは思ってたが、実は気が重かったんだ。大網元の娘だから好きになったわけじゃない。あん時はお理恵も俺も若く、輝いてた。そもそも惚れたはれたなんて、両国の空に打ち上がる花火みたいなものだ。ほんの一時の華やぎだ。俺たちにはあまりに長すぎる十年だった。月日が何もかも、俺のお理恵への想いを色褪せさせてしまったんだ。それでも、お理恵が生きてる頃には、密漁の話を持ちかけられても迷いがあった。実は気が重かったとはいえ、お理恵とはいずれは夫婦になるしかないと覚悟してた。だから、すぐにはうんと言わずにいた。こんな時、お理恵がおやっさんのところへ行った。そうなってみると、二人への供養の気持ちとは別に、がんじがらめだった義理の太い縄から、抜け出ることができたように感じてる」

「まさか、金のためでは？」

季蔵は首をかしげた。

――とてもそうは思えない――

「それもある。上方へ逃げる時、おやっさんは一にも二にも、船頭と漁の修業をしろと言い残して縛についた。俺はその言葉を守ってわき目もふらず、ずっと精進し続けたが、十年が過ぎて江戸へと戻る道中、言いしれぬ空しさに襲われた。美味い酒と顔を合わせたばかりの宿の若い飯盛り女、夜分、耳を澄ませるとどこからともなく聞こえてきた、俄賭場での賽子が振られる音が気になってならず、周りはこんなにも春たけなわの陽気なのに、俺一人が長く吹きさらしに立たされていた、そんな理不尽さだった。そして自分がもう若くはなく、お理恵とのことは若かったゆえだと悟った。史郎右衛門は余次郎を通じて、大枚のしろわけ（船頭手当）を弾むと約束してる。有り難いね。これ、まずいな、季蔵さん、あんただからここまで話したんだ、他人には話さないでくれ」

続けた話に口止めで区切りをつけると、

「ありがとう。これで供養にけじめがつく」

折に詰めた寒鰤の酢〆鮨を手にして店を出て行った。

空はまだ白んでいないが、増した雪の勢いで朝が訪れたかのような明るさである。

――尚吉さんが話していた豪助とお理恵さんへの想いが本当だとは、どうしても思えない——

季蔵にはどうしても、店の勝手口と墓前に手向けられていた白椿の花が頭から去らずにいる。

——それともあれで若かった頃の自分たちの恋を葬ったのか？　船頭のしろわけで飲む、打つ、買うの放蕩を、これからは存分に楽しみたいというのは本音なのだろうか？——

季蔵には尚吉という男がわからなくなった。

——こういう時は料理だ——

季蔵は残しておいた鯖の卵巣でカラスミを拵えることにした。先代長次郎がカラスミについて書いていた日記の箇所が思い出された。離れに取りに行ってその中身を読んだ。

カラスミはかなり昔に明（中国）から伝わったそうで、鯔の卵巣から作る肥前（佐賀県、長崎県）産のものが知られている。高値だが、塩辛くねっとりとした味わいで人気がある。薄く切り分けて軽く炙ってそのまま肴にしてよし、すりおろして酢を混ぜてカラスミ酢にしても美味い。

薄切りしたカラスミを飯に載せて、刻み海苔などをふり、緑茶をかけて食べる茶漬けも好まれる。

讃州（香川県）では鰆の卵巣でカラスミを作り、藩主や幕府への献上品にもしていると聞いている。

——なるほど。だとすると、鰆のカラスミは、鯔で作る並みのカラスミよりもずっと貴重なはずだ——

季蔵はまだ味わったことのない、鰆のカラスミに意欲的になった。

先代は鰆のカラスミを拵えたことがあり、日記の続きには鯔のカラスミと重複する手順に加えて、鰆のものならではの留意点が書かれていた。

季蔵は長次郎の日記を睨みながら作り始めた。

まずは鰆の卵巣にたっぷりの塩を振り、平たい鉢に入れ、蓋をして保管する。このまま四、五日置かなければならないので、今日のところはここまでであった。

朝六ツ（午前六時頃）の鐘が鳴って、外の白さに光が微妙に混じった。

——とうとう夜を徹してしまった、これをどうしよう？　店に出てきた三吉に禁漁の寒鰆を料理したと聞かせたら、さぞかし怖がるだろう。だからと言って、裏庭に捨てて埋めてしまうのは忍びない——

季蔵が迷い続けていると、

「俺だよ、俺」

豪助が戸口から走り込んできた。

「長屋へ行ったら、いねえから、たぶん店だろうって思ってさ。豪勢じゃないか？　天麩羅にした魚のいい匂いが気になるね、いったい、こりゃあいったい何事だい？」

豪助は目ざとく、皿に残っていた寒鰆の天麩羅等を見つけた。

「腹ぺこなんだ、朝餉(あさげ)代わりに食ってもいいかい?」

季蔵が頷いて箸を差し出すと、床几に腰かけた豪助は無言で食べ始めた。

すっかり平らげたところで、

「よかった、助かった」

季蔵は言葉をかけた。

「来てたんだろ? 尚吉兄貴?」

豪助が季蔵を見据えた。ここのところ、豪助の目は普段の尚吉に似てきていて、ある種の鋭さを宿している。

「ああ、来てた」

「それで兄貴は尚吉兄貴に頼まれて、孫右衛門さんとお理恵さんの好物だった寒鰆を捌いて料理したんだな」

「ああ、そうだ」

「俺は尚吉兄貴のやり始めたことを知ってる。今はまだ寒鰆漁は密漁になるんだぜ」

「その通りだ」

「密漁請け負いともなると、尚吉兄貴は俺を役立たないと見限って、頼りになる兄貴に片棒を担がせようとしてるんだ」

豪助は唇を噛(か)みしめた。

「片棒とは大袈裟(おおげさ)だな。俺は寒鰆とは知らずに持ち込まれた大ぶりの魚を、工夫して料理した。ただそれだけのことだ」

「そんなの、役人には通じねえよ。いくら親しくしても、田端の旦那や松次親分は御定法破りを取り締まるのがお役目なんだから」

豪助は勢い込んでばたばたと畳みかけた。

「だから、よかった、助かったとさっき言ったろう？」

そこで合った二人の目が和んだ。

「兄貴が尚吉兄貴と会ったのは初めてだったよね」

「ああ」

——今の豪助なら悪く勘ぐるだろうから、前に顔を合わせたことまでは言う必要はない——

「どんな男だと思った？」

「言葉の少ない男だった。それに俺は料理をしただけで、込み入った話はしなかったからわからない」

季蔵は躱した。

「へえ、そうなのか。俺じゃなくって、兄貴みてえな相手なら、前と違って、すっかりだんまり屋になっちまったあの尚吉兄貴も、多少は腹ん中を見せるかもしんないと思った」

「俺の寒鰆の料理が、孫右衛門さんとお理恵さんの供養になったと喜んでくれた。それだけのことだ」

「俺のことは何か言ってた？」

「自分は家族の温かみを知らず仕舞いになるかもしれないから、豪助には大事にしてもらいたいと話してたな。だから、おまえは尚吉さんに見限られたわけではない」

尚吉の話とは正反対を告げた季蔵だったが、

——案外これが尚吉さんの本音なのだと思う——

金だ、遊びだ、豪助は足手まといだと言い募っていて、どうにも腑に落ちなかった尚吉の言葉の真相がこれなのだと、胸のつかえがすとんと落ちた気がした。

「まあ、そうなんだろうけどさ」

豪助も尚吉の自分にすげない言動の真の意味を悟っていた。

「俺、尚吉兄貴が余次郎たちに頼まれて密漁なんて引き受けるのには、深い理由があるように思うんだ。尚吉兄貴はさ、とにかく、思い込んだら命がけなんだ。尚吉兄貴は十年前、孫右衛門さんを嵌めて得をした奴の見当をつけて仇を取ろうとしてるんだと思う。それって、誰が考えても二番手だった、あの嫌な史郎右衛門と、いつの間にか乗り換えて腰巾着になった余次郎だろ？　お理恵さんだって、孫右衛門さんが生きてりゃ、因果に潰されたみたいな、あんな死に方はしなかったような気もするしさ。尚吉兄貴が余次郎や史郎右衛門の下で働くのはそのためだよ、きっと。仕返し、仕返し——」

「そうだとすると、あまりに相手が大物すぎる。いくらあの尚吉さんでも歯が立つとは思えない」

案じた季蔵だったが、心のどこかで豪助と同じように尚吉について感じてはいた。

――あの男は全身から人とは思えないほどの鋼のような強さを滲ませていた。それが焼け付くような復讐の心ゆえであってもおかしくはない。お理恵さんを失った、あの男の言葉を借りれば、約束事ゆえの迷いが断ち切れて、自身の思いを突き通して行こうとしているのだろう――

五

「ところで、尚吉さんの話がしたくて、こんな朝早くからわたしを探したのではあるまい？」

季蔵は豪助が訪れた理由が訊きたかった。

「いっけねえ、そうだった、そうだった」

豪助は固めた拳でごつんと自分の額を叩いて、

「尚吉兄貴には手伝いは要らないと言われちまって、気がくさくさしてたんで、ちょいとそこらで一杯やってから、家に帰ったんだ。けど、眠れなくて、大川（隅田川）べりをぶらぶらしてたんだ。そん時、松次親分に呼び止められたのさ。何でも、向島の小峰屋の寮で人が死んでて、どうも一人は主の忠兵衛のようなんで、急いで、兄貴に報せて、向島に来てほしいと伝えてくれって頼まれたんだ。それで俺は懸命に兄貴を探してたんだよ。こいつを報せる方が先だったんだが、ついついかっか来ちまってさ。俺って――」

頭を掻いた。

「今、殺されたのは一人と言ったが、他にも殺されたのか？」

「あと若い男が一人。寮の留守番をしてる爺さんの倅が伝えてきたんだそうだ。これ以上、くわしいことはわかんねえ」

季蔵は素早く身支度を調え、

「舟は俺が漕ぐ。任しといてくれ。酔いは覚めてきてるから大丈夫だ」

船頭の顔つきになった豪助と共に船着場へと向かった。


「俺はここで待ってる」

豪助を向島の船着場に残して季蔵が小峰屋の寮へと走ると、門の前では松次が両袖に両手を引っ込め、奴凧のような姿で寒さを凌いでいた。

「よく来てくれた」

珍しく礼を言われた季蔵が当惑して、一瞬返す言葉に窮していると、

「田端の旦那が質のよくねえ風邪に罹っちまってね。この寒さの続く中、一人でこの殺しの下手人をあげるのは、ったく、命懸けってもんさ。駆け付けてくれてありがとう、礼を言うよ」

松次は首を縮こめて苦笑いした。

「事件のあったところを見せてください」

「あいよ」

季蔵は松次に案内してもらって、奥まった客間へと足を踏み入れた。

男二人が向かい合って倒れて死んでいた。

一人は顔を確かめるとたしかに主の忠兵衛で、うつ伏せに倒れた頭部から血を噴き出させている。

口から血の糸を垂らして仰向けに死んで横たわっているのは、

――間違いない――

瓦版屋の総太であった。

「こいつは他人様のことを尾ひれはひれをつけて、あれこれ書いて飯を食ってた。ぬけぬけと生きてた時は、殺しても死なない、面の皮の厚い憎らしい奴のような気もしてたが、こうなってみると、ちょいと気の毒だ」

松次はしんみりと呟き、

「それにしても、たかが瓦版屋の総太と、江戸一番の干鰯問屋小峰屋の主忠兵衛は、ここで何をしていたのかね？」

頭をかしげた。

「わたしはこの二人が一緒のところを見たことがあります」

季蔵はお理恵の通夜に押しかけるようにして焼香に訪れた、忠兵衛、大網元の史郎右衛門、余次郎、総太の話をした。

「総太さんは塩梅屋の通夜振る舞いも含めて、お理恵さんの通夜や葬儀のことを事細かに市中に伝えていました。史郎右衛門さんたちの焼香の目的は、自分たちが殊の外、今は亡き孫右衛門さんの一人娘お理恵さんの死を悼んでいると、半ば無理強いで総太さんに大きく扱わせることだったのだと思います」

「俺はお役目柄、これでも瓦版は隅から隅まで読む。そんなこと、書いてあったかね？」

「いいえ――」

季蔵は滋養屋の女主の訪れで、史郎右衛門たちの目論みが吹き飛んだ経緯を話した。

「そいつは小気味いい話じゃねえか」

松次のしょぼつきかけていた目が輝いた。

「それはその通りなのですが、通夜の席で起きたことの顛末とこの事態は結びつきそうにないのです」

季蔵は頭を抱えたくなった。

「干鰯問屋の小峰屋は元は網付商人だろ？ 網元の史郎右衛門には頭が上がらないはずだ。それで機嫌を取りたくて、わざわざ訪れた史郎右衛門の焼香をデカく書け、神様扱いしろってえ、さんざん迫ったんじゃねえのかい？」

「忠兵衛さんが史郎右衛門さんに人一倍、気を遣っていたのは見ていてよくわかりました。けれども、忠兵衛さんは穏やかなお人柄なのか、誰に対しても強い物言いはしませんでした。史郎右衛門さんを持ち上げろと、脅しめいた言葉を吐いていたのは網子頭の余次郎さんでした」

「余次郎なら総太を手に掛けてもおかしくはないってわけだな」

「しかし、断じるには証が要ります」

季蔵はきっぱりと応えた。

「ここに余次郎が一緒だった様子はないから、証はねえな。わかってるのは、向島に総太を呼んだのは忠兵衛で、見たところ、湯呑みの冷や酒に毒が仕込んであったたってことだけだ」

松次は畳に転がっている湯呑みと濡れている畳を一瞥して、

「そして忠兵衛の方は花瓶で頭を強く殴られている」

割れている花瓶の破片と畳の血を指差した。

「忠兵衛と関わりができた総太はたぶん調子づいちまったんだろう。そもそも瓦版屋なんて浮き草稼業だろう？　これと決めた相手の詮索は、俺たち以上にハンパじゃねえはずさ。大きな商いをしてる忠兵衛なら叩けばいくらでも埃が出るに決まってる。いい金ヅルができたとばかりに、忠兵衛に爪を延ばしたのが運の尽きだった。欲張り過ぎが命取りになって、思い詰めた相手に毒で殺されようとは夢にも思わなかったろうよ」

松次は得々と事件の経緯を推量した。

「だとしたら、忠兵衛さんは総太さんにどんなことで強請られていたのでしょう？　手ずから総太さんを毒で殺したのなら、それはよほどのことですよ。松次親分なら忠兵衛さんについて何か、隠し事を知っているのでは？」

季蔵の問い掛けに、

「それが小峰屋と忠兵衛についちゃ、白っ紙みてえに知らねえんだよ。皆が忠兵衛に感心つつも、ちょいと面白くねえのは、慇懃で腹の見えねえ様子だよ。その慇懃がもう少し過ぎると無礼で、馬鹿にされた気もしてきて、誰もがむっとするんだろうが、ぎりぎりのところでいい按配におさまってる。それで仲間うちじゃ、奥歯にもののはさまった言い方止まりで、僻みと思われたくないから、それ以上は悪く言わない。丁寧な物腰の奴で通ってるのさ。もっとも、大網元の史郎右衛門みてえなお天下様の我が儘者とは、悪くない相性みてえで、忠兵衛お得意の白々しくも馬鹿丁寧な応対で上手くやってる。江戸の海の幸は史郎右衛門がほとんど独り占めしてて、弱い立場にいる網子や網付商人たちには厳しいってえのに、忠兵衛だけには手心を加えてるってえ噂だ」

「本当の素性は？」

「自分じゃ、上方育ちと言ってるが訛りなぞ一つもねえし、いい年齢だってえのに、独り者で女房、子どももいねえ。ようは素性もろくにわかってないってえのに、いつのまにか、江戸で名の知れた干鰯問屋の主になっちまったってわけだよ。それから、先代とか、先々代とかの話を、まるで権現様の頃から続いてきた老舗みてぇに、しらっとした顔でするんだそうだが、たいていは商い絡みの宴席なもんだから、忠兵衛一流の見栄だと見なして、相づちを打ってるだけ。誰も名前とかをくわしく聞いたりはしねえんだとさ。これぐれえのこと、あんただって知ってるだろ？　決して他人には言えねえ、よくよくの隠し事があって、そいつが正真正銘本当なら、こっちが教えてほしいくれえさ」

松次は年々小さくなってきている金壺眼（かなつぼまなこ）を精一杯大きく瞠（みは）って、死んでいる忠兵衛の骸（むくろ）を眼下に見据えた。

「たしかに――」

相づちを打った季蔵は、

「総太さんが忠兵衛さんに、殺さなければと思い詰めさせるほどの秘密を握っていたとしたら、もしかして――」

屈（かが）み込んで忠兵衛の両袖と衿（えり）の間を調べた。

「ありました」

右袖から出てきた紙の切れ端には、〝白鼠（しろねずみ）〟と書かれていた。

「とすると――」

あわてて松次は総太の方を同様に調べて、握りしめた右手の拳から、〝忠兵衛は〟と書かれた紙切れを見つけた。

六

「二枚の紙片をわかるような言葉にすると、〝忠兵衛は白鼠〟となりますね」

季蔵は首をかしげた。

白鼠とは大店の商家に、小僧の頃から長く奉公し、嫁も取らずに白髪頭になるまで実直に働き続ける、忠義者の独り身男のことであった。

「忠兵衛が白鼠だなんてのは面白くもおかしくもねえやな。それがどうしたい？　馬鹿馬鹿しい。これじゃ、秘密になってねえじゃないか」

松次はぶすりと洩らした。

「ただ、堂々たる大店の主でまだ白髪もない忠兵衛さんは白鼠ではあり得ません。白鼠ではない忠兵衛さんを白鼠としていることに、秘密の根があるのかも――」

「いつどこで産まれたかもわかってねえ忠兵衛は、案外、見かけより年齢を食ってたのかもしんねえ。前にあっただろ？　白髪頭の女がそこそこの年齢の男の形をしてたってえのが――」

思いついた松次は忠兵衛の頭部を調べたが、黒い髷は鬘ではなかった。

「こりゃあ、ったく、解けねえ謎だぜ」

松次は落胆と苛立ちの混じったため息を洩らしつつ俯いてしまった。

――これ以上、松次親分を落ち込ませてはいけない。しかし、真実は追及されなければならない――

「忠兵衛さんと総太さんの骸をもう一度、曇りのない目でご覧になってください」

遠慮は不要とばかりにすっぱりと切り捨てた。

「俺はこの道一筋三十年の岡っ引きだぜ。子ども扱いするな」

怒鳴った松次を無視して、

「骸で横たわっているので多少わかりにくくはなっていますが、忠兵衛さんはひょろりとかなりの背丈があり、引き締まった身体つきながら総太さんは小柄です。二人の背丈の違いは一尺（約三十センチ）はあるでしょう。とすると、毒を盛られた総太さんが一矢報いようと、鍛えてある筋骨にものを言わせて、両手で花瓶を摑んで頭上に振り上げたとしても、頭に落とすのはたとえ後ろからでも無理です。ましてや、毒を盛ったのが忠兵衛さんだとしたら、敵を後ろに廻らせるでしょうか？　毒にやられて手負いの総太さんが鬼神のように強かったとしたら、揉み合った挙げ句、倒れかかった忠兵衛さんの頭に、上からではなく、横または斜めから花瓶を殴り落とすことはできるかもしれません。ただし、これは揉み合った足跡があればの話です。揉み合い特有のごちゃついた様子のものは一つもありません」

季蔵は自身がごく冷静に観察して得た推量を話し続けた。

じっと耳を傾けていた松次は、

「まいった、わかったよ」

季蔵の言い分をすんなりと受け容れた、松次はとかく怒りやすいが、鎮まるのも早いのであった。

「忠兵衛さんがここへ来るのを知っていた小峰屋の奉公人は？」

季蔵は躊躇わずに訊いていく。

「大番頭は知ってた」

「誰に会うかまでは？」

「常からたとえ相手が大番頭でも、その手の商いの胆は話さねえのが忠兵衛流だそうだ。そいつがあだになったな」

「二人が死んでいることを走って報せにきたのは、頼まれて寮の留守番をしている老爺の倅だと聞いていますが——」

「とっくに話は聞いたさ。忠兵衛はここに着くとすぐに、その老爺を家に帰らせた。これもいつものことで、次の日、老爺が忠兵衛が好きな川魚の佃煮と飯、汁だけの朝餉を調えて部屋に様子を見に行った。布団や夜着は使われた跡が無く、念のためにと客間を見に行って仰天、倅を走らせたという経緯だった」

「訪れた客を見た人は？」

「いねえそうだ」

「だとすると——」

季蔵は松次の次の言葉を待った。

「ようはあんたは、この二人はここで殺し合ったんじゃねえって言うんだな？」

「ええ」

季蔵は大きく頷いた。

「忠兵衛もだな？」

「おそらく。ここでは誰かに見られてしまうかもしれませんから」

「じゃあ、いったいどこで殺り合ったんだい？　どこのどいつが骸になった二人をここへ運んだんでえ？」

松次は怒鳴る口調になった。

「二人はあの通夜の後、一度も会っていないかもしれません」

「ってえことは、この二人は別々に殺された後、殺り合ったように見せかけるために、ここまで運ばれてきたってかい？」

「もう一度、畳を見てください。忠兵衛さんの頭の傷はぱっくりと割れて、かなり血が噴き出ていますが、総太さんの周りには毒殺にありがちな吐いた物がどこにも見当たりません。忠兵衛さんはここで殺され、総太さんだけ運ばれてきたのです」

「俺は履物を確かめてくる」

松次は玄関へと走り、上質な草履と安物の下駄をぶら下げて戻ってきた。

「忠兵衛のものらしい雪駄はまだ濡れてるが、総太の下駄はどこもちっとも濡れてない。これは総太のものじゃない、下手人の間に合わせだ。船着場からしか歩いちゃいねえ忠兵衛の草履がまだ、濡れているのに。舟なんかを使える身分じゃねえ総太は歩いてくるはずだ。その総太の下駄がちっとも濡れてねえわけはねえ。下手人の奴、企みの辻褄を合わせようとしたのがどっこい、これで墓穴を掘ったな」

松次のこの指摘に、

「さすが親分です」

季蔵は頷いた。

何日かして夕刻、前触れもなく烏谷が訪れた。

「そろそろおいでになるとは思っていました」

常に倣って離れへと案内した。

「評判になった通夜振る舞いなど馳走してもらおうか。足を運んで仏への供養を兼ねてありつきたかったのはやまやまだったぞ。だが、なにぶん瓦版に書かれていた孫右衛門父娘への悼みやここの料理の話が、火事騒ぎのように市中に広がっていた。あそこまでだと、迂闊に顔を合わせたくない奴らまで、名を売りたい一心で来ているはずだと懸念して断念したのだ。評判の春菊料理に使う春菊は自前と見たゆえ、通夜で沢山摘み取ってしまい、出来る料理は少なかろうが」

烏谷はよく利く鼻を蠢かした。

中葉種の春菊で、香りがほどよく、使い勝手も抜群の江戸っ子春菊は、他の二種より多く植え付けてあった。離れのそばの屏風の囲いの中でふさふさと葉を茂らせている。

「春菊の天麩羅なら何とかなります。あと、今日は特別に鶏を仕入れたので、軍鶏ではありませんが、軍鶏鍋もどきの鶏鍋なら、春菊を香らせてお作りできます」

「鶏鍋とはよい時に来た」

天麩羅と名の付くものはどんな素材でも、鶏については如何なる料理でも、烏谷の大好物であった。

季蔵はすぐに、離れのそばで育っている、江戸っ子春菊を摘み取りに出て、料理を拵えた。

――地獄耳、千里眼を自任なさっているお奉行様もさすがに、尚吉さんが持ち込んでわたしが料理した、禁漁の寒鰆のことまでは御存じない。できれば、尚吉さんのことを詮索しないでほしい――

季蔵は自分が豪助同様、尚吉に対して格別の共感を抱き、それゆえに案じていることに気がついた。

烏谷は無言で天麩羅と鶏鍋に箸を動かし続けて、綺麗に平らげてしまうと、

「実に美味かった。だが、やはり、春菊のおかげで美味いというよりも、天麩羅と鶏鍋がたまらん美味さだったと言うべきだろう。ばたばたと忙しく、ついうっかり忘れていたが、礼を言うぞ。年の瀬にはすっかり世話をかけたな」

笑顔の汗を手拭いで拭いた。

――忘れてなどいない目だ、おそらく、すでに尚吉さんについても調べているだろう――

烏谷の大きな目は細められてはいたが、少しも笑ってはいなかった。

七

「ところでそちに世話をかけた向島の小峰屋の寮で、とんでもない事件が起きたものだな。そちも居合わせた旨、松次から聞いた。そちも松次の呼びかけに応じるとは、なかなか義理堅いではないか」

変わらず烏谷の目は冷ややかである。

「お奉行様の下で務める隠れ者の分ではないとわかってはおります。なにぶん、行き掛りでございますゆえ、お許しください」

季蔵は項垂(うなだ)れて見せ、烏谷は先を続けた。

「松次によれば、そちは干鰯問屋の忠兵衛と瓦版屋の総太が別々の場所で殺されたと見破ったそうだな。下手人は二人を別々に殺した後、骸二体をあえて小峰屋の座敷に集めた。そして、いかにも弱味を握った総太の脅しに忠兵衛が耐えきれず、毒を盛ったのはいいが、総太の反撃に遭って共に息絶えたものと偽り、おのが罪から逃れようとしたのだと断じたのだろう？」

「はい」

「確固たる証についても聞いている。そちの推量は間違いなかろう、さすがだ」

「恐れ入ります。ただし、総太さんがどこで殺されたかまでは、見当もつきませんでした」

「それはな」

そこで烏谷はにやりと笑った。狡猾な笑いは目にまで及んでいる。

「総太の長屋を調べたところ、万年床の上の吐いたものに石見銀山鼠捕りが含まれていた」

「さすがです、迅速な調べに感服いたしました」

季蔵は自分に向けられた褒め言葉を返した。

「わしは地獄耳だが、千里眼で俊足でもありたいと常に思っている」

烏谷の目から笑いが消えた。

――俊足はこの調べのことだろうが、千里眼とは？　やはり、尚吉さんのことでは？

ますます、季蔵が不安な気持ちを募らせていると、

「合わせて〝忠兵衛は白鼠〟となった紙片のことも聞いた。これはまったく不可解極まる。奴は独り身だったゆえ、白鼠に例えているような気がしないでもないが――」

烏谷は首を大きくかしげて、

「白鼠のことは置いておくとしよう、そのうちわかる。それよりも、この二人が殺し合ったのではないとすると、いったい誰が二人を殺したのか？　そちはどう思う？」

問いを投げ掛けてきた。

「最も疑わしいのは二人が死んで得がある者です」

「だとすると、大網元の史郎右衛門と漁師頭の余次郎だな。開府当初は網元に頭が上がらなかった網付商人も、今では、網元への敬意は表向きだけで、商いともなると、かなりの利幅を我が物としている者たちが増えている。売れ行きが上がる一方の干鰯問屋などはその最たるものだ。忠兵衛もその口だろう。史郎右衛門とて、腹ではこれが面白くなかったはずだ。腹心の余次郎は生まれこそ漁師だが、その立ち回りや性質は漁師頭というよりも貪欲な商人に近い」

「史郎右衛門が忠兵衛を亡き者にして、余次郎を小峰屋の主に据えようと考えても不思議はない気がします。網元が網付商いも兼ねれば、漁によって得る金は僅(わず)かな網子の取り分を除いて、そのほとんどが網元の懐に入るでしょうから。ただし、二人が殺された時、史郎右衛門と余次郎はどこにどうしていたか？　それが先決です」

季蔵が言い切ると、

「そうだ、そうだ」

またしても烏谷は目を筋にしてにやにやと笑い、

「夜五ツ（午後八時頃）の鐘はもうそろそろだ」

離れの戸口の方を見た。

ほどなく、

「お邪魔いたします」

緊張した声音で入ってきたのは、常は青すぎる顔が、風邪による熱のせいか今は赤い、南町同心定町廻り(じょうまちまわり)の田端宗太郎(そうたろう)だった。よろめくようにして座敷の入口に控えた。

「そちか」

当惑気味の烏谷は相手の訪れに意外そうだったが、

「ことがことだけに人任せにはできません」

田端は言い切った。

「なるほど、そちの忠義ぶりしかとわかった。それで首尾は？　早く申せ」

烏谷は気忙(きぜわ)しく訊き、

「網元の史郎右衛門と漁師頭の余次郎が、忠兵衛、総太が殺された夜半、どこに居たかを調べよとの仰せ、遅くなりましたが突き止めました。吉原(よしわら)の廓花(くるわばな)という店で、八百良(やおりょう)から料理を届けさせて、夕刻から朝方まで大盤振る舞いのどんちゃん騒ぎをしていたとのことでした。二人の相手をした女郎たちだけではなく、沢山の女郎たちが口を揃えております」

田端は深く頭を垂れた。

「病を押してのお役目ご苦労であった。今、ここへ駕籠(かご)を呼ぶゆえ、乗って帰れ」

労(ねぎら)った烏谷に、

「いや、結構です、これしきの風邪、大事ございません。歩いて帰ります」

立ち上がりかけた田端は、

「いつものあれを一杯」

季蔵の耳に囁(ささや)き、湯呑みに注(つ)がれた冷や酒を呷(あお)って離れの戸口を出て行った。

「これで史郎右衛門と余次郎には、忠兵衛や総太を殺すことはできなかった、そう見なすべきだろう」

自分の言葉に浅く頷いた烏谷は、急に甘酒が欲しいと言い出した。

「はい、只今」

烏谷は盃の燗酒と運ばれてきた湯呑みの甘酒を交互に啜った。

季蔵がこんな変わった飲み方に当惑していると、

「不味い、悪酔いしそうだ」

烏谷は吐き出すように言い、

「そうでございましょう」

季蔵は真顔で相づちを打った。

――お奉行様は先ほど口にした史郎右衛門と余次郎の身の証について、半信半疑なのだ――

「田端の調べ、ご苦労ではあったが、何やら腑に落ちない。まるで、それだけを飲んでいれば美味い酒や甘酒を、わざわざ交代で飲まされているような気分だ。なぜだろう？　そちの考えが訊きたい」

「大網元のお大尽である史郎右衛門さんが廓遊びがお好きでも、余次郎さんまで伴うとは意外でした。あのような人柄の方はたいてい吝嗇の極みで、贅沢は自分だけ、人には許さぬものだからです。ましてや、八百良の料理を皆に大盤振る舞いしたなどとは、まるで、人が変わったかのようです」

「そうなのだ。わしも奴らに宴席に招かれたこともあるが、史郎右衛門の機嫌のよかったためしがない。もてなしも商いのうちとわかってはいるのだろうが、己以外が吟味された酒を飲んで、美味い肴を口にするのが面白くないのだ」

——たしかに向島でも忠兵衛さんや余次郎さんは、さんざん言葉で史郎右衛門さんの悪くなりがちな機嫌を取り結ぶのに腐心していた——

「とはいえ、きっと廓花は史郎右衛門さんの通い慣れた店でしょう？　顔が知られているので、化けるのが上手い、たとえば、役者崩れのよろず請け負い人が雇われて、二人の身代わりを果たしていたとは思えません」

「田端の調べにぬかりがあったのだな」

烏谷は眉を寄せた。

「お奉行様がこの調べを頼んだのは松次親分ですね」

「そうだ。松次はそちと一緒に骸二体が見つかった小峰屋の向島の寮へも行っているし、長く生きてきて、吉原の事情にも通じているゆえな。松次なら、見も知らぬ客と遊女の一時の歓楽を商っている、廓のそっけないあしらいに躱されずに胆が拾えたかもしれぬ」

「松次親分は常に田端様を立てていて、お二人の絆は強いものとお見受けしています」

「とはいえ、そもそもが今、田端は熱のある病人であろうが——。松次が出過ぎずにいようとしたのはわかるが、何もわざわざあ奴に頼まなくても——、こうなっては松次にはもう頼めぬ。そちに頼むしかなくなった」

烏谷は有無を言わせない厳しい顔で季蔵を見据えた。

「わかりました」

季蔵は頭を垂れて承知したものの、

――はて、困った。客は極楽、お女郎は地獄とも言われている吉原になど、今まで足を向けたことがない。どうしたものか――

不安が募った。

この夜、季蔵は長く寝つけなかった。

――吉原の廓花を訪ねて、烏谷が望むような胆の話を、聞き出すにはどのようにしたらいいものか。見当がまるでつかない――

それでも、やっと眠気がきて何とかうとうとしかけた時、戸口でごく小さな物音が聞こえた。

一瞬コトッと鳴っただけで音はもうしなくなったが、

――今時分何事だろう――

起き出した季蔵は土間へと下りて油障子を開けた。冷たい夜気がどっと家の中へ入ってきた。

――何ゆえこのようなものが？――

戸口の前には黄色い花がつく臘梅（ろうばい）が一枝置かれていて、特有の強い芳香を放っていた。

第五話　カラスミ供養

―

――おそらく、これも――

翌朝、季蔵(としぞう)は花のついた臘梅(ろうばい)の枝を手にして塩梅屋(あんばいや)へ向かった。

――そして、たぶん――

気になって裏庭から入ると、思った通り、勝手口に竹皮の包みと文が置かれていた。
文には以下のようにあった。

　この間、あなたは寒鰆(かんざわら)の卵巣を取り分けていました。きっとカラスミを作るつもりなのだと思いました。
　ただの鰆のカラスミも美味ですが、脂(あぶら)が乗った寒鰆を使ったものともなると、削(そ)いだ薄い一片一片のどれにも、ぎゅっと旨味(うまみ)が詰まって堪(こた)えられない美味(うま)さです。
　孫右衛門(まごえもん)さんもお理恵(りえ)も寒鰆のカラスミが好きでした。孫右衛門さんが生きておられた頃は、今、史郎右衛門がやっている、根こそぎ獲るかのような漁をしていなかったので、寒鰆もそこそこ獲れて、多くの人たちの夕餉の膳を賑わせていたものでした。御存じとは思いますが、寒鰆に限らず、鰆のカラスミには、縫い物の繕いをするかのような熟練の技と、もう一尾分の卵巣が欠かせません。

お理恵はこのカラスミ作りも得意でした。

今はもう想い出すことばかりです。

是非ともこれで鰆のカラスミを仕上げてください。二人の供養のためにも——。

尚吉

塩梅屋様

文を読んだ季蔵は竹皮の包みを開けた。寒鰆そのものが小ぶりだったのだろう、季蔵が塩漬けにした寒鰆の卵巣より、ずっと小さめの卵巣が包まれていた。

——よかった——

季蔵が胸を撫で下ろしたのは、このままでは寒鰆のカラスミは作ることができないと懸念していたからであった。

作ったことのある先代の日記には以下のようにあった。

鰆のカラスミが贅沢なのは鯔に比べて卵巣の膜が薄いゆえである。

作り方にそう大きな違いはない。どちらも塩漬けした後、真水につけて塩を抜く。この塩の抜き加減が難しい。手触りが決め手となる。これも変わりはない。

だが鯔の場合、真水の中で卵巣を揉んで、手触りで確かめることができるほどには膜の厚みがあるのに対し、鰆はその膜が薄くて破れやすいので、もう一尾の鰆の卵巣の膜を使って、卵があふれ出ないようにして、形を整えなければならない。

これには技が要る。

これを読んでいた季蔵は、尚吉の寒鰆を塩漬けにはしたものの、密漁となってしまっている寒鰆の卵巣を、もう一尾分調達するのはほとんど不可能だと半ば諦めていたのであった。

――これ以上、塩に漬け続けては肝心な風味が失われるところだった――

早速季蔵はもう一尾分の卵巣膜を使って、破れかけた箇所を繕いつつ、卵があふれないよう細心の注意を払って、寒鰆のカラスミの塩抜きに取りかかった。

鯔のように真水の中で揉むことはできないので、丹念に優しく真水をかけて塩を落としていった。

長次郎の日記は次のように続いていた。

塩抜きまでが峠といえば峠で、後はひたすら手間がかかる。雨や雪でも降らない限り、日々、天日干しと陰干しを繰り返して仕上げるのだ。この点もほぼ陰干しだけで仕上げる鯔のものとは異なる。

干し始めは天日なので、四半刻（約三十分）ごとに返して色のムラを防ぐ。色ムラだけではなく、その方が格段に風味が増す。

同じ卵巣でも、鰆は鯔に比べて卵の粒が大きいため、天日干ししないと、鰆の卵の粒に含まれる微妙な臭みが旨味に変わらないのではないかと思う。

十日ほど乾燥させると、熟成して鰆のカラスミとなるのだが、ともあれ、こうして作られる鰆のカラスミは卵の食感まで堪えられない。

聞いた話では高松藩では、この珍味を将軍家に献上しているという。

将軍様同様にこれを食するのは恐れ多いことではあるが、何とも曰く言いがたく美味い。一度口にしたら忘れられない、上品にして芳醇、濃厚な味である。

お天道様の陽を浴びて熟成する鰆のカラスミは花の匂いがする。どんな花かというとそれは酒の花で、これほど上質な酒の肴は他に無いように思う。

幸いこの日は朝から天気がよかった。

――美味い寒鰆のカラスミが出来ればいい供養になる。これも何かの思し召しだな――

季蔵は形を調えた寒鰆の卵巣を離れの縁先で天日干しにすることにした。

ふと家から持ってきてそのままになっていた臘梅の枝に気がつき、これも一緒に離れへ持っていった。

長次郎の仏壇に供えた後、

――おそらくこの臘梅の花もお理恵さんが好きだったのだろう――

縁先に天日干しにしている寒鰆の卵巣に向かって手を合わせた。

――お理恵さんはきっと、冬の寒さを温めてくれるような、芳醇なこの香りにも魅せられていたのでは？　とっつぁん、お願いしますよ、どうか、わたしに一番の寒鰆のカラスミを作らせてください、そして、孫右衛門さん、お理恵さんの供養をと願う尚吉さんの想いを叶えてあげてください、お願いです――

この時ほど季蔵は強く尚吉を案じたことはなかった。

――尚吉さん、もし、豪助の言うようにあなたが死ぬ覚悟で仇討ちなどということを考えているのなら、寒鰆のカラスミ供養で仕舞いにしませんか？――

その日、昼過ぎに仕込みを終えた季蔵は、

「離れのカラスミの守りを四半刻ごとに頼むぞ」

三吉に天日干しを任せて、殺された瓦版屋総太が住まう長屋へ急いだ。

――なにゆえ、別々の場所で命を奪われた忠兵衛さんと総太さんが、あたかも殺し合ったように見せかけられたのか、手掛かりが掴めるかもしれない――

「総太の身寄りの者です」

井戸端に集っていたかみさんたちに総太の家を尋ねると、

「よかった、よかった」

　年配の一人は目頭を押さえ、

「いいところへ来てくれたよ。このままじゃ、明日にでも、強突く張りの大家に何もかも、ひっぺがされて空き家にされるとこだったたんだよ。すぐにも別の人に貸したいだろうけど、人に不幸が降ってきたってぇのに、いけすかないね、あの大家」

　赤子を楽々と背負っている恰幅のいいもう一人はぽんぽんと威勢がよく、

「あら、でも、あそこは店賃がだいぶ溜まってたらしいよ」

　総太の家まで案内してくれたのは、柳腰を意識してくねらす癖のある一番若い女だった。

「総太の評判はどうだったのでしょう？」

　さりげなく季蔵が訊くと、

「あたしたち長屋の者にも、時折、大福をご馳走してくれたりして、気前はいい方だったけど、お米やお味噌なんかは借りられなかった。独り身ってこともあったけど、そもそも、買い置いてないんだもん。お酒が大好きで儲けのいい時は豪勢に飲むしね。瓦版が売れるか、売れないかネタ次第、売れるネタを拾うのは運次第、とんだ浮き草稼業だけど辞められないっていうのが、あの男の口癖だったわね」

「どんな人が訪ねてきてました？」

　季蔵の言葉に相手はぷっと吹き出した。

「このところはあの元網元父娘や娘の通夜、葬式なんかの話で当てたから、朝早くから夜遅くまで版木屋の方から足を運んできてたわ。きっとよっぽどいい払いをしてたんだろうって、みんなで言ってた。もっとも、大家の方は景気がいいのに、店賃を払わないっていうのは、面白くなかったでしょうよ」

「それはくわばら、くわばら、早くしないと塵一つ残らずひっぱがされてしまいますね」

季蔵は礼を言って総太の家の前で相手と別れた。

油障子を引いて中へと入ると、いつ掃除や片付けをしたのかと啞然とさせられるほど、埃があちこちに積もり、饐えた臭いがして、汚れ放題の上、書き損じの紙が散らばっていた。

土間の水瓶の上に湯吞み茶碗一つがあるだけで、他に煮炊きに要るものは何一つ置かれていない。

──湯吞みが綺麗に洗われている──

季蔵はふと奇妙に感じた。

板敷に上がってみた。

文机代わりの蜜柑箱の上にわりにきちんと筆や墨と硯、使われていない紙の束がのっている。

──ネタ書きはネタ集めに次いで瓦版屋の命なのだろう──

二

無造作に畳まれた布団からは染みこんだ吐瀉物の強い臭いが鼻をついた。

――やはり総太さんはここで殺されたのだ、間違いない――

吐瀉物の臭いをさらに強めている芳香に気がついた。

布団に付着しているのは黄色い花弁の数々だった。

――臘梅――

驚きと絶望が季蔵の全身を駆け巡った。

――尚吉さん――どうして忠兵衛さんや総太さんを？――

まさかと思いつつも、土間に屈み込んでじっと目を凝らすと、油障子の前に払われた塩粒の痕が見えた。

――尚吉さん――

季蔵は尚吉が店に寒鰆を届けに来て帰った翌朝、

「何かな、きらきらしてるこれ、もしかして砂糖？」

出入り口の掃き掃除をしていて塩粒に気づいた三吉が、

「わ、辛っ、それに磯臭っ、これ、海の塩だよね。どうして、海の塩なんかがうちの中にあるのかな？　海の塩の神様でも居着いちまったのかしらん。どうせなら、砂糖の神様が来てくれればいいのに」

しきりにぼやいていたことを思い出した。

一瞬、季蔵はたまらない気持ちになりかけたが、落ち着け、落ち着けと自分に言い聞かせていると、隅にある柳行李（やなぎごうり）が目に入った。

蓋（ふた）はきちんとしまっていない。季蔵は蓋を開けた。中は、忙しく探し物がされた様子が見てとれた。

それから土間に降り、水瓶の上にあった湯呑みをもう一度手に取った。

――あれだけ無頓着な総太さんが湯呑みを自分で洗うとは思えない――

鼻を近づけてみるとまだ僅（わず）かに酒の匂いがした。酒の入った徳利（とっくり）はどこにも見当たらない。

最後に書き損じの紙を確かめた。

どれにも〝忠兵衛は白鼠（しろねずみ）、白鼠は盗賊〟とあった。達筆である。

――意味がわからない――

首をかしげつつもその一枚を懐にしまった季蔵は、外へ出てあたりを注意深く歩いた。

――酒に毒を混ぜたのなら、持参した毒入りの酒が入った徳利はどうしたのだろう？――

厠（かわや）の前で、植えられている南天の葉が一部、枯れかかっているのが目についた。

晩秋から初冬にかけて赤い実をつける南天は低木の常緑樹であった。冬でも葉が枯れることなどあり得なかった。

――ここだな――

季蔵は南天の根元を凝視して、掘り起こした跡を見つけた。そこの土だけは柔らかく、両手で土を掻き分けるだけで、ごく浅く埋められていた備前徳利が出てきた。

これはまだ充分に酒気を放っている。

――それにしても、このようなものに毒酒を入れるとは――

季蔵が掘り当てた備前徳利は、茶褐色の地肌に黄色と焦げ茶の胡麻が程良く掛かった、収集家垂涎の古備前の銘品であった。

銘入り古備前は鎌倉期の一時、観賞用として愛でられた幻の陶器であるだけに、はかりしれない価値がある。

もとより、大身の旗本や大名家等以上のよほどの身分の者か、金に飽かして集める富裕な好事家以外、手にすることなどありはしないのが銘入り古備前なのであった。

――よかった、尚吉さんではなかった――

季蔵はここでほっと安堵のため息をつくと、総太の長屋を離れた。

――いったい誰が総太さんを毒死させたのか？　史郎右衛門さんなら古備前をもとめることができる。とはいえあの男は吝嗇だ。余次郎さんに手を下させるにしても、毒酒入れにするとは到底思えない。それに何より、史郎右衛門さんと余次郎さんには、廓花に居続けたという確固たる身の証がある。これだけはどうにも覆せない――

塩梅屋へと戻る途中、季蔵は繰り返し、殺害があったと思われる総太の家の様子を頭に描きつつ、時折、立ち止まって、思いついたことを手控え帖に書き留めた。
・臘梅と塩粒は尚吉さんが誰も見咎めない人気のない夜中、総太さんのところを訪れていた証と思われる。臘梅が布団の裏に付いていたのは、総太さんがすでに殺されて留守になっていたこの家で、尚吉さんが探し物をしていたゆえだろう。
・湯呑みを清め、毒酒と徳利を棄てたのは真の下手人。急いで棄てたのは、総太さんの骸を人知れず運び出すのが先決だったからであろう。
・〝忠兵衛は白鼠、白鼠は盗賊〟と書かれた紙が多すぎる。もはや、書き損じとは思えない。総太さんではなく、真の下手人がわざと書いて遺したものとも思われる。何のために？
・総太さんの柳行李から持ち去られた物はあるのか？　あるとしたら何か？
――こうして整理してみると、わたしが総太さんの家で調べたことは、尚吉さんの罪の証にこそなれ、どこにいるともわからない真の下手人の手掛かりにはなり得ない。古備前の徳利は盗んだのだろうと決めつけられるだろうし、唯一の手掛かりと言っていい、〝忠兵衛は白鼠、白鼠は盗賊〟にしても、総太さんの書き損じと見なされるだろう――

季蔵は自分が調べた事実を封印することにした。

――尚吉さんがどんな目的で総太さんのところを訪ねたのか、直に本人の口から聞きたい——

そう思った季蔵は鯑のカラスミが出来上がるのを待って、尚吉の元へ誘いの文を届けた。

お陰様でお待ちかねのカラスミが仕上がりました。供養を兼ねてこの間のようにお運びいただければと思っています。

塩梅屋季蔵

尚吉様

文を届けてから季蔵は日々、夜明け近くまで尚吉を待って過ごした。

尚吉が訪れたのはそんな毎日が続いて四日目のことであった。

「よくおいでくださいました」

季蔵は笑顔で迎えた。

「すぐにと思ったんだが、いろいろあって」

尚吉の顔にも珍しく笑みが広がっている。

「時節柄、さぞかしお忙しいことでしょう」

「なに、あの強欲な史郎右衛門たちに、さんざん寒鯑の密漁をさせられているだけのことさ。しかし、これももう仕舞いだ」

闊達（かったつ）な口調の尚吉は鯑のカラスミを肴に、

「この間のあんたの料理も格別に美味かったが、こいつには敵（かな）わない。本望、本望」

陽気に焼酎（しょうちゅう）の盃（さかずき）を傾けた。

「先ほど、もう、仕舞いだとおっしゃったのは何のことです？」

季蔵は真顔で訊いた。

「今日はあんたの方が深刻そうだ」

尚吉の方の笑みはまだ消えていない。

「実は――」

季蔵は総太の家での調べを洗いざらいぶつけてみた。

「そうだったのか――」

尚吉はしみじみと頷（うなず）いて、

「まさか、豪助の代わりにあんたが俺を案じてくれてるってわけじゃないだろ？　あんた、ただの一膳飯屋（いちぜんめしや）の主（あるじ）じゃないね」

一瞬鋭い目を向けてきたが、すぐに、

「小峰屋（こみねや）の寮で初めて見かけた時から何となくはわかってたよ。立ち居振る舞いに隙（すき）がなさすぎたから。俺たち船頭も同じでやっぱり隙があっちゃ、あっという間に船ごと波に掠（さら）われる。そうは思っても、只者（ただもの）じゃないにしては、料理の味が良すぎて、こっちは惑わされた。さて、殺された総太の調べをするからには、お上に通じてるんだろうね？」

緩んだ表情に戻った。

――困った――

季蔵が冷や汗を掻きつつ応えに窮していると、

「豪助から聞いてるかもしれないが、俺は孫右衛門さんとお理恵の仇を討つつもりだ。忠兵衛と総太が向島で殺し合ったと聞いて、これは史郎右衛門と余次郎の仕組んだことだとぴんと来た。何とかして、この罪を暴けばお上も奴らの旧悪へ辿り着いてくれるだろうと思ったんだ。それで総太の長屋を調べた。史郎右衛門たちにとって、まずいことを瓦版屋の総太が嗅ぎつけてて、口封じに殺されたんじゃないかって期待した。何か書いたものでも見つかるんじゃないかと必死に探した末、やっとこいつが見つかった」

急に立ち上がった尚吉は着物をくつろげて、胴巻きに挟んでいた綴り帖を取り出し、季蔵に差し出した。

「総太の書いたもので、柳行李に入ってた。まあ、読んでくれ」

綴り帖には丸く太い癖のある字が以下のように連ねられていた。

三

あれよあれよという間にその名が知られて、市中で屈指の大尽になった小峰屋忠兵衛について調べようと思い立ったのは、誰とも知らない相手から二十両もの金が家に放り込まれたからだ。小峰屋忠兵衛についてくわしく調べるようにと書いた文が添えてあって、調べたことを報せる手段もかなり念の入ったものだった。

去年の晩秋のこと――。

その時、忠兵衛も金で調べさせようとした相手も、はかりしれない闇を後ろ盾に生きているような気がした。

正直、人気役者の誰それが金も色気もある女やもめと惚れた腫れただの、物の怪がどこでどんな風に出たかだの、安くて美味い飯屋はどこかなどということを、拾い集めて戯作よろしく、面白可笑しく書き立てて、瓦版を売りさばき糊口を凌ぐ日々に少々飽きてもいた。

これぞ、瓦版屋の真髄とばかりに俄然やる気が出てきた。

小峰屋忠兵衛の生まれは上方である。小峰屋の奉公人たちに聞き回ったが、忠兵衛が大坂は道頓堀で生まれたという以外何もわからなかった。

路銀がたっぷりあったので迷わず出かけて行った。付け届けを欠かさずに大坂の東西奉行所に何度も足を運んだが、道頓堀に忠兵衛の生家らしきものは過去にもあったことがなく、もちろん、親戚縁者も皆無であった。

たった一つ手掛かりがあった。

絵である。

念のためにと江戸を発つ前に絵師に頼み、本人にわからないように描かせた忠兵衛の顔を写した絵と、高札や番屋に貼られていた古い人相書の一枚がそっくりだったのだ。

忠兵衛似のお訊ね者は医者のような総髪で髭面ではあったが、その顔は少しも恐ろしげではなく柔和、常に穏やかな表情の忠兵衛そのものであった。

そのお訊ね者の名は盗賊白鼠。

盗賊白鼠は多々の口入屋と裏で通じ、これと目をつけた大店で忠義の手代をもとめているとしると、滅私奉公を絵に描いたような仲間を送り込み、相手がすっかり気を許して蔵の鍵を任せるまで、長い時は五年の歳月をかけていたという。根気はいるが血は流さずに確実に奪い取る、あっぱれな仕事ぶりであった。

白鼠の首領と目されていた忠兵衛似のお訊ね者まで、まるで忠義の白鼠を想わせる様子で俺は思わず笑ってしまった。

そして、この忠兵衛似の盗賊白鼠は、何年か前の祭りの際に起きた火事で焼け死んだとされていた。

それで俺は盗賊白鼠が焼け死んだとされている伏見の小峰屋という宿を調べた。

火事で死なずに済んだ奉公人たちの一人が嵯峨野で小さな旅籠をやっていて話してくれた。それによれば、小峰屋の主は江戸者で、上方へ来て十年余だったという。そして、この元奉公人は偶然、蔵の長持ちの蓋が開いているのに気がついて、お上が商いを認めている証である、〝廻船問屋豊前屋〟の鑑札を見つけたという。

これにはさすがの俺もびっくりした。

――廻船問屋豊前屋といえば、その頃、商いに窮して孫右衛門さんを頼ったというのに、孫右衛門さんが身に覚えのない抜け荷の咎で捕らえられ刑死にさせられる寸前、どこへともなく逃げ出した酷い奴ではないか。どう考えても直に嵌めたのはこの豊前屋としか考えられない――

季蔵の綴りをめくる指先が震えた。

さらに総太の綴りは続く。

元廻船問屋豊前屋が小峰屋と名乗って開いた宿が火事になった際の火元は、主夫婦の部屋であり、さらには隣りが子ども部屋だったので、主一家の骸は黒焦げで誰が誰ともわからなかったそうだ。

話してくれた奉公人は火元から遠かったので助かり、客たちもおおかたは軽い火傷ですんだというのに、よりによって盗賊白鼠だけは焼け死んだという。

――奉行所では盗賊白鼠の骸をちゃんと検めたのだろうか？――

季蔵は思わず読む手を止めた。

主夫婦の部屋の骸は一体多かった。それは大柄な男のもので、そばに鼠の形に彫られた御影石が落ちていて、〝盗賊白鼠〟と刻まれていた。これで奉行所は盗賊白鼠は焼死したもの断じたという。以来、盗賊白鼠の盗みはぱったりと止んだ。

しかし、どうして、盗賊白鼠の首領が主夫婦の部屋で一緒に焼け死んでいたかは謎である。

その奉公人は客として泊まっていた盗賊白鼠の顔を覚えていて、その男なら二階の右端の部屋に案内したと言っている。二階の右端の部屋は主たちの部屋から最も遠く、その隣や向かいに泊まっていた客たちは火傷さえ負っていなかったという。

盗賊白鼠は巻き添えで焼死したのではない。だとすると、主夫婦と親しかったのか？親しい相手なら特別な扱いをするはずなのにその指図もなかった。

俺は最後にその奉公人に、火事の折、奉公人仲間で行方知れずになっている者はいないかと訊いた。すると相手は入って間もない、背の大きな部類に入る若者の行方を今も案じていた。

主の部屋の大柄な男の焼け焦げた骸がその若者ではなかったかと俺は思う。

そして、はっきり、盗賊白鼠は小峰屋忠兵衛と名を変えて生きているのだと確信した。

上方であちこちの口入屋と関わっていた盗賊白鼠は、そろそろ盗賊業から足を洗おうとしていた矢先、大罪を犯した廻船問屋豊前屋が上方に逃げ延びて、旅籠の主におさまっている事実を知った。

また、元廻船問屋豊前屋が旅籠の小峰屋となってからは、多くはないものの、商いを始めるには足りる財を貯えていることもわかっていた。それで小峰屋に火を点けて主一家を皆殺しにし、河岸を江戸にかえた。そして大網元だった孫右衛門が刑死したからこそ、今のようにのし上がることができた史郎右衛門たちに、自分は元廻船問屋豊前屋の主の係累だ、貸しがあるはずだというそぶりを示して手応えを確かめたはずだ。史郎右衛門たちを踏み台にして身代を築いたのだ。

なお、火事の後、旅籠小峰屋の蔵から、〝廻船問屋豊前屋〟の鑑札と少なくない小判の入った長持ちが一棹、忽然と消えていたと奉行所の覚え書きにあった。あえて詮議しなかったのは、江戸同様、奉行所は人手不足であり、このような時にはありがちなことだったからだという。

盗っ人を探し出そうにも、逃げて助かった奉公人や客たちだけではなく、火事を見ていた野次馬たちまで調べなければならず、無理な注文であったようだ。

俺はこの調べを約束通り、麻布谷町の久國神社の吽形（口を閉じている）の狛犬の首に赤い手拭いを巻き付けた翌日、明け六ツ（午前六時頃）の鐘が鳴り終わらぬうちに南西にある永昌寺の二つ穴石燈籠の中台の前に置いた。

この調べは面白くはあったが、首の後ろのあたりがすーっと薄ら寒くもなってきた。

明日からはまた、役者と女やもめの痴話話や皆が大好きな物の怪、美味い物を追いかけるつもりでいる。

ここで総太の綴りは終わっていた。

「おかげでこれの意味はわかりました」

季蔵は懐にしまっていた、〝忠兵衛は白鼠、白鼠は盗賊〟という紙を取り出した。総太の綴りと見比べる。

――達筆のこの字は総太さんのものではあり得ない――

季蔵は首を大きく横に振って、

「この綴り帖とこの紙は忠兵衛さんが元は盗賊だと知った総太さんが、それをネタに忠兵衛さんを強請(ゆす)った証です。しかし、これでは秘密を握られた忠兵衛さんは自分の身を守るために、相手を殺す計画を立ててやり遂げようとしたものの、総太さんの反撃で相討ちになってしまった、そんな経緯の証にしかなりません」

――松次(まつじ)親分とあの場に居合わせなければ、誰もがそのように信じたことだろう――

「せっかく漁師に生まれたというのに漁師を嫌う、あのろくでもない野心と金欲に塗(まみ)れた余次郎は、ずっと習字の稽古(けいこ)ばかりしてて達筆だ」

尚吉は季蔵が出した〝忠兵衛は白鼠、白鼠は盗賊〟にじっと見入った。

「余次郎さんの手跡ですか？」

季蔵は一瞬息を止めた。

「違うな、この手跡は威勢よく躍ってる。余次郎のはもっとまとまりがよくてありふれてる。だが、俺は白鼠にかこつけて、忠兵衛と総太が殺し合ったように見せかけたのは、史郎右衛門と余次郎だと思ってる」

尚吉は言い放った。

「けれども、二人には吉原の廓花に居続けたという証があるのです」

「そんなもん――」

尚吉は鼻で笑った。

「当てになるもんか。俺はあの二人が忠兵衛について話してるのをこの耳で聞いた」

「もしや、総太さんの家に二十両放り込んだのも、あの二人だと思っているのでは？」

「そうに決まってるじゃないか。俺はあいつらと仲間になってから、時折四人で会った。話はいつも漁獲益を増すための策で、如何に漁師たちの取り分をハネるかとか、他の網元に先んじるかばかりだったから、うんざりだったが、史郎右衛門たちの忠兵衛に対する不審そうな様子には気がついてた。忠兵衛は自分は伏見の火事で焼け死んだ旅籠小峰屋、元廻船問屋豊前屋の主の甥だと名乗って、奴らの前に現れたのさ。奴らの方は、やたら、上方で旅籠をしてる叔父さん一家の話ばかり持ち出して試してた。家族の名前とか、江戸にある墓の場所とか、親戚じゃなきゃ知らないようなことばかり――」

「忠兵衛さんは答えられていましたか？」

「あの男は頭が悪くない。廻船問屋豊前屋のことは、何でもしっかりと覚えていたんだろう、淀みなく答えていた。ただね、史郎右衛門たちには、淀みない応え方とあの変わらない穏やかさが、何とも不気味でしっくりこないようだった。史郎右衛門は、〝あんたの叔父さんにはいろいろ世話になった。わしが今あるのも、上方で火事で焼け死んだというあんたの叔父さんが、あの時、老舗の暖簾と一緒に遠くへ身を捨ててくれたおかげだ、有り難い、有り難い、あんたを叔父さんだと思って今後も恩義に報いたいと思う〟なんて、芝居がかって、涙をこぼさんばかりに語りかけるんだが、忠兵衛は常と変わらずふわふわと笑っているだけだった。忠兵衛は馬鹿な相手がけろりと騙されていると信じ込んでて、油断して侮り続けた挙げ句、墓穴を掘ったな。史郎右衛門と余次郎がしきりに目配せしてたのにも気がついていなかった」

「すでに、総太さんから忠兵衛さんについての調べを報されていた二人は、さぞかし、すっかり騙されていたことへの怒りと、正体が盗賊だとわかった怖れで慌てたことでしょう。それでこの事実を知っている総太さんの口止めも兼ねて、ともども亡き者にしたかったことでしょうね」

――二人が人を頼んで殺させた疑いは強い。けれども、今ここで、そうだと言い切るには頼んだ相手を突き止めなければならず、これは廓花での二人の証を覆すのと同じくらい、雲を摑むような話だ――

季蔵は無力感に溺れそうになった。

四

季蔵が総太の綴り帖を返そうとすると、

「殺された忠兵衛は自業自得だし、巻き添えの総太は気の毒だが、瓦版屋である以上闇に呑まれる覚悟はしていたはずだ。この二人の仇まで討つ気はない俺には要らねえもんだ。お役目のあるあんたが持っててくれ」

尚吉は大きく首を横に振って立ち上がった。

「さて、この世での供養も終えたことだし行くとするか」

尚吉は小声で呟いたが、

「お早いお帰りですね」

季蔵は相手の表情が険しく引き締まったのを見逃さなかった。

――初めて会った時の表情だ――

「なに孫右衛門さんとお理恵の墓参りだよ。こんな夜中にと思うだろうが、思いついた時にしないとなかなかできない」

尚吉はゆったりと微笑(ほほえ)んだ。

――尚吉さんは今夜、仇を討つ気では?――

「わたしもご一緒してよろしいですか」

「まあ、かまわないが、ちょっとね」

「お邪魔でしょうか」

「そんなところだ。相手は霊になっちまってるが、俺たちだけのつもる話もある」

「それではご遠慮いたしましょう」

「せっかくの気持ちをすまない。ああ、供物にしたいんで少し寒鰆のカラスミを包んでほしい」

「わかりました」

季蔵は早速残りのカラスミを竹皮に包んで渡した。

「少し酔ったな、ふわふわと足元が浮く。それでも何とか光徳寺までは行けるだろう」

尚吉は千鳥足で塩梅屋を出て行った。

季蔵は勝手口から出て、裏木戸を抜けた。近道を急いで、四つ角の右手に潜み、もはや千鳥足などではなく、早足で前進してきた尚吉が通りすぎるのを待って、足音を忍ばせて後を尾行て行く。

尚吉は光徳寺のある芝へは向かっていなかった。月明かりの中に史郎右衛門が住む高台の豪邸が見えてきた。

――あそこは愛用の煙管が葬られた墓以上に孫右衛門さんを慕っていた人たちにとって、特別なところかもしれない。尚吉さんにはお理恵さんとの思い出も詰まっていることだろう――

高台の豪邸がある場所は以前、孫右衛門の屋敷があったところで、いつしか史郎右衛門が我が物としてしまっている。

素朴な平屋建ての離れに網子たちを事あるごとに招いていた孫右衛門と異なり、利己的で派手好きな史郎右衛門は二階の大広間を煌びやかな屛風、襖絵等で彩り、日がな〝ここから見える海は全部わしのものだ〃と欲絡みの眺望を楽しんでいると伝えられている。大網元大吝嗇御殿とも陰口を叩かれていた。

尚吉は元は孫右衛門の屋敷があった高台を見上げて足を止めた。緩やかな坂道が大網元大吝嗇御殿へと続いている。

——たった一人で大網元大吝嗇御殿へ乗り込むつもりだろうか？　無謀すぎる——

季蔵も五間半（約十メートル）の距離を置いて立ち止まった。

やがて尚吉は深々と一礼して歩き出した。

——思えば尚吉さんにとって、あの高台は今はどうあれ、前は孫右衛門さん、お理恵さんと親しんだ大切な場所だ。仇討ちとはいえ血で汚すはずなどないのでは？　これも寒鰆カラスミ供養の続きだったのでは？　できればそうであってほしいが——

季蔵は尚吉が佇(たたず)んだ場所を通りすぎる際、地面に目を凝らしたが、竹皮の包みが置かれた形跡はなかった。

尚吉は浜へと続く道を歩き始めた。

——まさか、今夜も漁へ？——

全く見当がつかない季蔵は苛立ちと緊張に囚(とら)われつつ尾行て行く。

潮の匂いが鼻を掠(かす)めた。海が間近になってきている。月の光が映し出されている夜の海は、冷たく凍りついているようにも見える。

尚吉の足は海へ続く道の手前の脇道(わきみち)へと逸(そ)れた。

——いったい、どこへ行こうというのか？——

季蔵は枯れ草を踏む音が聞こえてはいけないと、細心の注意を払いつつ付いていく。漁網、釣具や鯨漁のための特別な漁具を保管する、大きくて平たい道具小屋の屋根が見えてきたところで、突然、尚吉の行く手を数人の人影が塞いだ。

――大変だ――

季蔵は力の限り走って近づいた。

「これから俺は孫右衛門さんの身の潔白を証して、それをあの世のお理恵にも伝えたい。それには一仕事要るんだ、通してくれ、力を貸してくれ」

尚吉は平静な声で頼んだ。

「ここは通さねえ」

「俺たちゃ、今の網元に厳しく言われてるんだ。みんな交替でここの寝ずの番をしてる」

「悪いがここだけは諦めてくれ」

「どんなことがあっても、ここへは誰も近づけちゃいけねえって、史郎右衛門さんから言われてるんだ、すまねえ」

人影の何人かがぼそぼそと言葉を返した。

「大吉に八郎、利助に仙三、み―んな、孫右衛門のおやっさんに、てめえの子みてえに可愛がられてたんじゃないのか。ここ一番、俺を見逃して恩を返す気はないのか?」

尚吉は大きく声を張り、季蔵は近くの太い松の木の陰に隠れた。

「それにおやっさんの頃は海の魚が絶えないよう、ほどほどの漁だったのに網子たちに手厚かった。それが今はどうだ？　滅多矢鱈に魚を獲りすぎて、寒鰆なんてものまで御禁制になると、今度は密漁で大儲けする史郎右衛門。おかしいと思わないか？　腹は立たないか？」

「思わないし、立たないね」

人影の一人が甲高い声を出した。

「八郎だな」

尚吉の声が怒気を帯びて、

「おまえは恩知らずだ」

「あんたに何と思われてもかまわない。あんなことがあった後、あんたはどっかへ雲隠れできたんだろうが、俺たちはこの海にしがみついて生きるしか道は無かった。網元が代わればば待遇も変わる。十年は長い、とっくに慣れたよ。今じゃ、昔の半分以下の魚しかあてがわれないが、銭に替えて、何とか食いつないではいける。ここで史郎右衛門さんの言いつけを破ったりしたら、どこへ行っても回状が回っているから、雇ってなんぞもらえねえ。そうなったら、俺だけじゃない、ここにいるみんなも女房、子どもを飢え死させちまうんだ。俺たちは恩知らずだ、それのどこが悪い？　帰れ、帰れ、帰ってくれ」

「帰らないと言ったら？」

この言葉に、

「それまでだ」

八郎は悲鳴のように叫んで、手にしていた銛を尚吉めがけて勢好く突き出した。

尚吉はその銛を難なく片手で握ると、

「八郎、腕が落ちたな、これじゃ、鰯の子一尾仕留められないぞ」

あっさりと奪い取った。

——漁師をしている時に鍛えたのだろうが、たいした腕前だ——

季蔵は驚嘆した。

同じように銛を手にした他の者たちは怖れをなしてはいたが、それでもぎこちなく振り回した。

「わかった、今夜は諦めよう」

——こんな時にも尚吉さんは昔の仲間たちを傷つけたくないのだ。豪助が尚吉さんに惚れ込んだのも無理はない——

銛を手にした尚吉は踵を返して来た道を戻り始めた。

季蔵は見張り番の漁師たちが道具小屋へと戻るのを見届けてから、尚吉の後を追った。

——しかし、ここで尚吉さんが引き下がるとはとても思えない——

案の定、尚吉はぐるりと廻って、道具小屋の裏手の枯れ草の茂みの中に身を隠した。

距離を置いて倣ったはずの季蔵に、

「俺と地獄までつきあう気か？」

尚吉が声を低めて話しかけてきた。

「わかってしまいましたか」

「船頭はね、目だけじゃなしに耳も磨いておかないと役に立たねえんだ。波の音、風の音、海を泳ぐ魚たちの息遣いまで聞き分けないと――」

「恐れ入りました。どうしても気になって――。一つ、教えてください。あの道具小屋に探し物でもあるのですか？」

「ある」

「それは孫右衛門さんの潔白の証ですね」

「史郎右衛門たちの悪事の証でもある」

「なるほど」

どうして、あんなところにという言葉を季蔵はかろうじて呑み込んだ。

「寒鰤の密漁などで仲間のふりをしているうちに、大吉に八郎、利助に仙三、俺の知ってる連中だけじゃなしに、漁師たちはみんな交替であそこに詰めていることがわかった。これが何と十年前からだという」

「たしかに漁に使う道具は大切なものでしょうが、あのように厳重な見張りを立てているのは解せませんね。盗っ人があえて、漁具の入った道具小屋を狙ったという話は聞いたことがありません」

季蔵も一段と声を潜めた。

――道具小屋で見張っている漁師さんたちも尚吉さんほどではないにせよ、耳はいいはずだ――

「あそこには金で出来た土左衛門が祀られているという話だ」

「仏像ならともかく、土左衛門をですか？」

「俺たちは運が悪いと何度も土左衛門を目にする。死んでぷかぷかと浮いてるうちに、どんな土左衛門でも化け物みたいに気味悪く膨れ上がる。昔昔、どこの誰が言い出したのか、漁師たちの間で、こいつは漁の神様だってことになって、形の似たものを作って、祀る習わしが出来た。それで、史郎右衛門も倣っているのだそうだが、何とそれも十年前からだそうだ」

「石や木などでなく、金が使われたのは神様をより敬わさせるためでしょうか？」

「いや、見張りを絶やさないためだったと俺は思う。金の仏像でもよかったのだろうが、人の口に戸は立てられないから、始終盗賊に狙われかねない。だが、漁の神様とはいえ御神体が土左衛門ともなると、この噂は漁師たちの間だけに限られる。誰かが偶然、たとえ耳にしたとしても、縁起の悪さもあって近づく者はそう多くないと、史郎右衛門たちは悪知恵を働かせたのだ」

五

「すると、金でできた土左衛門の中に、孫右衛門さんの身の潔白を示すものが入っている、そしてそれは金よりも遥かに高価な抜け荷の証というわけですね」

「史郎右衛門は欲の塊だ、捨てて無くしてしまえばいいものを、それが惜しくて惜しくて考えついたのだろう」

話し終わった二人はじっと息を潜めて、道具小屋の漁師たちが眠り込むまで待った。

――やはり尚吉さんは昔の仲間の誰も傷つけずに証を持ち去るつもりだったのだ――

明け方近く、ごーっがーっ、ごごーっ、がが一っと四人の異なる鼾が聞こえてきた。

「今だ」

尚吉は小屋の裏口から忍び込んだ。季蔵も続く。漁師四人のうち三人は銛を抱えて座ったまま熟睡していた。

「あれだな」

尚吉は神棚の御神体を仰ぎ見た。輝くような純金を纏い付けている御神体は、一尺（約三十センチ）ほどで、腹部がぶくぶくと膨れたえびすの出来損ないのように見える。

尚吉は土間に屈み込み両手を突いて馬の形になった。

「あんたの方が俺より背がある」

神棚は天井の高い位置にあり、並み外れた大男でもなければ、立ったまま手を伸ばしても届かない。

季蔵は尚吉の背に乗った。それでも爪先立ちになって、精一杯利き腕を上げないと宙を摑むばかりである。

やっと御神体に触れた。重いものだと覚悟をしていたがこれが驚くほど軽かった。

──これは張り子に金を塗りつけただけだ。中は空洞だろうから隠し物もできる──

季蔵は御神体を手にして慎重に尚吉の背中から降りた。尚吉に差し出す。潔白と巨悪の証である御神体を尚吉は懐に入れた。

「気配がする」

尚吉の全身に緊張が走った。

季蔵には聞こえない。

「風では？」

「いや、違う」

尚吉は大きく首を横に振って、

「あんたも銛を」

眠っている漁師三人の抱えている銛をそっと引き抜いて、そのうちの二本を季蔵に手渡した。

「前も後ろも固められている」

尚吉が言い切った時、小屋の表と裏の引き戸が開けられる大きな音がした。

目覚めた漁師たちの目が怯えた。

表からどやどやと入ってきたのは、抜刀した数人の浪人者たちで、裏口からは余次郎がやはり、数人の浪人者たちを率いて刀の刃を向けさせている。

「尚吉さん、あんたが俺たちの仲間になるなんておかしいとぴんと来てたんだよ。それでも使えるうちは使えっていう、史郎右衛門旦那の考えで、儲けの大きい寒鱚の密漁をやってもらってた。いずれ、こんなことになるだろうとは思ってたさ。俺たちはあの忠兵衛やあんたが侮ってるほど馬鹿じゃない。それにしても、塩梅屋さん、あんたはよほどの馬鹿か、貧乏くじ好きだよ、よりによってこんな奴と組むなんて——」

笑いながら余次郎は季蔵まで嬲り続けて、

「さあ、おまえたち、この二人を早く殺っちまいな」

浪人たちにではなく漁師たちに強いた。

すでに漁師たちは立ち上がっていたが、誰一人銛を手にしていない。丸腰であった。

「これじゃ、出来ねえ」

憮然とした面持ちの八郎が両手をぶらぶらさせた。

「それじゃ、おまえたちがここで一番弱いってわけだ。史郎右衛門旦那は弱い者は役立たずとして捨てる。先生方、かまやしません。こいつらもろとも、殺っちまって、ここをさっぱりさせてください、虫けらの始末に遠慮は要りませんや」

にやにや顔で振り返った余次郎は、前だけではなく、後ろにも控えている浪人たち各々に顎をしゃくった。

この時、示し合わせたわけではなかったが、身体が勝手に動いて、尚吉と季蔵は突風を想わせる素早さで、前に居る浪人たちの刀の間をすり抜けた。

——奴らの狙いは俺たちだ——

思った通り、追って小屋を出て来た浪人者たちは尚吉と季蔵を取り囲んだ。

敵は刀で、こちらは銛ではあったが、尚吉は銛を構えた。驚いたことに漁師たちと渡り合った時同様、銛は返されて、刃の下を握り、柄の部分を相手に向けている。

——漁師だった尚吉さんにとって、銛はわたしの包丁に等しい。大事な漁具を殺傷沙汰で汚したくはないのだろう。それとこの男ならではの、用心棒さえ、家族を持つ人の子と気遣う優しさ——

「くじらぁー、くじらよぉー、くじらぁー」

——銛の真骨頂は鯨漁だ——

大きな掛け声と共に尚吉の銛の柄が敵の胸や腹等の急所を一撃する。決して尚吉の銛は相手の刀と触れず、打ち合わなかった。

——打ち合ったなら、銛の柄に勝ち目は無い。刀を抜いていて、緊張しきっている相手の固い姿勢ゆえの隙に乗じて斃す。ただし、急所は外せず、常に一撃は最強でなければ——

感心、得心した季蔵もこれに倣った。

「くじらぁー、くじらよぉー、くじらぁー」

二人の声があたりに鳴り響いた。

こうして二人は激闘を続け、多勢だった浪人たちは一人残らず、力尽きて土の上で気絶した。

しんと静まり返ったこの時、余次郎が漁師たちを従えて小屋を出てきた。銛を手にしている。

横たわっている浪人たちを横目で見て、

「ちぇっ、口ほどにもない奴らだ」

ぺっぺっと唾を吐きかけ、

「道具小屋に銛なぞは幾らでもあるんだ」

まだ笑い顔でいた。

「御神体が盗まれかかったのは、そもそもこいつらの見張り方が悪かったからだろ？　旦那様ならけじめをつけろと言うだろう。なもんで、そうすることにした。誰が俺から銛を貰い受ける？　そいつだけは許してやる。ただし、その代わり後の三人を銛で突いて殺すんだ、これがけじめだ、いいな」

余次郎のこの言葉に漁師たちは真っ青になって震え上がった。

「止めろ」

尚吉はこめかみに青筋を立てて怒鳴った。

「御神体をこちらに渡してくれれば考えてもいい」

相変わらず余次郎は狐のように狡猾な笑みを消していない。

――昔馴染みの余次郎は尚吉さんの弱点を知っている。それで漁師たちから離れなかったのだ。何とも卑怯すぎる奥の手だ――

季蔵は腹が立ってならなかった。

漁師たちの中で八郎がまず目を伏せた。

「八郎は強い」

「銛も俺たちよりできる」

「八郎に殺される」

目の色を変えた三人は我先にと余次郎の持つ銛へと突進しかけたが、八郎はじっと動かぬままであった。

「止めろ」

尚吉はさらに大きく声を張った。

「御神体をそこへ置いて下がれ」

余次郎の言葉に尚吉は従った。

「言われた通りにした。こんなことは止めてくれ」

尚吉は余次郎を見据えた。

「言い忘れていたが、あんたたちが手にしている銛はこいつらの物だ、返してくれ。史郎右衛門旦那はたとえ銛一本でも盗まれては怒り心頭だ。返さなければけじめを続けることになる」

尚吉は季蔵に目配せし、銛二本が御神体のそばに置かれた。

「その銛を取れ」

余次郎は漁師たちに命じた。

恐る恐る八郎を除く三人が言われた通りにすると、

「そいつら、御神体盗っ人どもを銛で刺し殺すんだ」

一人の銛の先をぐいと尚吉に向けた。

「二人とも丸腰だ、恐れるな」

余次郎に促された三人が尚吉と季蔵に襲いかかってきた。

「ええぇぃ」

「よーし」

「うわぁーっ」

尚吉と季蔵は銛の刃先を巧みに避(よ)けて立ち回った。

「止めろ、止めるんだ、相手は兄貴と慕った尚吉さんなんだぞ。世話になったおやっさんの後を継ぐはずの人だったんだぞ」

八郎が必死の大声を出した。

「うるさい、黙れ」

余次郎が怒った目を見開き歯を獣のように剝(む)いた。

いつしか、三人の持っていた銛は二人の手に渡った。尚吉が二本、季蔵が一本。漁師たちの方が皆丸腰に逆転していた。

「おまえのせいだぞ、おまえが悪いんだ」

余次郎がのんでいた匕首（あいくち）がきらっと光った。今、まさに八郎の胸めがけて振り下ろそうとされている。

尚吉が銛を放（ほう）りだして突進した。八郎に飛びついて庇（かば）ったその瞬間、余次郎の匕首がぎらりと煌めき、尚吉の首筋を深々と抉（えぐ）っていた。

しかし、余次郎の方が先にどっと倒れた。

――それでも遅かった――

尚吉の首筋から血が噴き出すのとほぼ同時に、季蔵が逆手に持った銛で余次郎の脳天を強打していた。

ううっと叫んで余次郎は即死した。

「兄貴、尚吉兄貴」

八郎の声が泣いている。

他の三人も駆け寄った。

季蔵は介抱しようとしたが、

「活き〆の魚と同じで首をやられた、もう駄目だ。海を生業にしてると土左衛門の他にも因果はあるものだな」

尚吉は言い切ってふっと笑い、

「季蔵さん、御神体とカラスミを頼む」

そう呟いて目を閉じるともう事切れていた。

この後、息を吹き返した浪人たちは、余次郎が死んだとわかると、魔物を見るような目で季蔵を見た。そして、蜘蛛の子を散らすようにいなくなり、尚吉の死を悼む漁師たちの慟哭だけが続いた。

「これを。尚吉兄貴だけじゃなしに、孫右衛門さん、お理恵さんの無念も一緒に晴らしてくれ」

季蔵は八郎から御神体を受け取り、尚吉が袖に入れていた、寒鰆のカラスミの入った竹皮を手にしてこの場を離れた。

六

御神体の中は空洞で、人の目玉ほどもある紅玉（ルビー）と金剛石（ダイヤモンド）数個ずつが隠されていた。

紅玉は知られている血赤珊瑚に比べて、透明な深紅の輝きが神秘的で美しく、金剛石は夜半の闇を照らしてくれるのではないかと思われるほどの目映さだった。

むろんどちらも異国から抜け荷で持ち込まれた宝の石であった。

珍しく美しい宝の石を収集している富裕な輩たちは、千両箱を積み上げても我が物としたがることを知っていた史郎右衛門は、欲に駆られて、諸刃を覚悟でこれらを隠し持つことにしたのであった。

この事実と総太が遺した綴り帖が史郎右衛門たちの悪事の動かぬ証となり、史郎右衛門は捕縛された。

然るべき筋に金さえ差し出せば命は助かるだろうと、金の力を信じ切っていた史郎右衛門は、責め詮議への恐れもあって、訊かれたことには素直に答えた。ただし、全ては余次郎が勝手にはからったことで、自分は知らなかったと言い張ったが――。

慇懃無礼で腹の内が読めない忠兵衛の物腰が不可解で、十年前、一緒に悪事の片棒を担いだ廻船問屋豊前屋の係累かどうかを調べようと思いついたのも、余次郎だったと史郎右衛門は言った。

忠兵衛が係累などではなく、白鼠という盗賊だったと知った後、危ない忠兵衛を始末しようと言い出したのも余次郎で、総太の口封じを兼ねようとしたことまでは知らなかったと惚けた。

そのために、吉原の廓花に居続けて身の証を立てようともちかけたのも余次郎で、総太が綴りに書いていた調べの受け渡し方を考えたのも余次郎だったと言い通した。

まさに死人に口無しである。

しかし、如何に史郎右衛門が余次郎のせいにしても、御神体と総太の綴りがある以上、十年前の罪まで余次郎になすりつけることはできなかった。

十年前の抜け荷については、孫右衛門は史郎右衛門たちの奸計に嵌められたのだと断じられ、尚吉の命を懸けた悲願は達せられた。孫右衛門の汚名は雪がれた。

御白州で死罪を言い渡された史郎右衛門は、これを受け容れられず、牢番にまで、〃金なら幾らでも弾む、だから逃がしてくれ"とすがりつく見苦しい有り様だった。

いよいよ首を打たれるべく、刑場に引き出された時も、恐怖のために身体が硬直して動かず、歩けず、お役目の者たちが神輿のように担ぎ上げて運んだという。

一説にはその際、史郎右衛門は隠し持っていた小判をばらまいて、〃助けてくれ、助けてくれ〃と叫んだとされているが、動くことさえできなかった事実とは矛盾する。

ともあれ、こうした断末魔の話も含めて、史郎右衛門たちの悪事については、同じ瓦版屋仲間の総太を讃えつつ、江戸中の瓦版屋が書きに書きまくった。

「尚吉には気の毒だったが、たまには胸がすく話もあらあな」

一人で店に立ち寄った松次は上機嫌であった。

「目先の変わった茶漬けでも召し上がって行ってください」

季蔵は尚吉との約束を果たすべく、孫右衛門とお理恵の墓前に寒鰆のカラスミを供した後下げさせてもらい、左党には極上の肴として、下戸には茶漬けでもてなしている。

「こりゃあ、身体に悪いほど美味いぜ。美味さが過ぎて心の臓がどきどきしてきやがった」

そう洩らしつつ、松次は空の飯茶碗を差し出した。

「病みつくねえ」

――これは鰯はやみくもに獲って干鰯にするよりも、美味しく食べてこそ、奪った命が報われると言っていた尚吉さんだけへのわたしの供養だ――

季蔵は尚吉の死に様を自分でも不思議と冷静に受け止めていた。
——あの時、救いたかった。惜しい男を亡くしたとも思う。けれども、思いを果たした後の尚吉さんの様子が頭に浮かばない。全ては尚吉さんの定めであったような気もする
——

「居合わせた漁師たちの話じゃ、尚吉には頼もしい助っ人が居たっていうぜ。銛を使わせても、尚吉に引けをとらねえほど、たいした腕前だったってね。いったい、どこの誰なんだろうかね？」

瓦版屋たちはまだまだ馬鹿売れするネタである以上、あれもこれもと詮索を続けているようだった。

「是非会ってみたいですね」

季蔵は微笑んで躱した。

もっとも、誰よりも早く季蔵の元に駆け付けた豪助は、

「兄貴が尚吉兄貴に力を貸さないでいられるはずないって思って、漁師たちに聞き回ったらやっぱり——。だけど、俺、尚吉兄貴はあれでよかったと思うよ。だって、あっちじゃ、孫右衛門さんやお理恵さんが待ってたんだし、骸だって二人の墓の隣に葬られたんだしさ——」

顔に涙の痕こそあったが、意外に平静だった。

そんな豪助に、

「おまえも家族を大事にしろよ」

季蔵は言い、相手は大きく頷いた。

それからしばらくは江戸市中はその話題でもちきりとなり、

「人の噂も七十五日というが、ちと長すぎるな。これで懐が潤ってあぶく銭を落とせるのは瓦版屋たちだけとは心外だ」

苦い顔の烏谷にため息をつかせた。

大雪で梅の咲くのが遅れ、いっこうに春めいてこないせいで、かねてよりの物価高と相俟って、人々の多くは青息吐息の暮らしぶりなのであった。

「これで梅雨時に大雨に襲われでもしたら、たちまち川が氾濫して大変だ」

烏谷は常に市中の老朽化した橋や堰が切れやすい堤防を案じているのだが、なにぶん、不景気が続いていて、先立つものが思うように集まらないので、気になる所の普請に踏み切ることはできないのだった。

とはいえ、塩梅屋にも季蔵にもいつもの平穏が戻った。

時季が来て寒鰆の禁漁が解かれると、品書きには鰆の味噌漬けが載った。上方では西京焼きと称されるこの味噌漬け鰆には、産卵で脂が抜けた分、上品でまろやかな味わいがあるとされていて、馴染みの喜平が、

「こいつは京の天子様の有り難い味がする。まだ春浅い京の味の極みさね」

目を瞑って味わうと、

「おいおい、大丈夫かい？　あんたらしくもない、有り難い味は天子様のじゃなくて、京女のもんなんじゃないのかね？」

飲み友達の辰吉が茶化した。

そんなある日のことであった。

じわじわと値が下がる鰆をまとめて買った季蔵は、鰆を樽に仕込んで味噌漬けと粕漬けの二種の漬け魚を拵えることにした。

ちなみに漬け味は濃厚ながら、鰆の身だけにあっさり仕上がる味噌漬けは、食が進んで、飯の代わりが止まらなくなる下戸向きである。また、酒のようにまったりとその身が味わえる粕漬けは酒好きには堪らない。どうということもない普段の酒まで美酒に変えてくれる。

味噌漬けには白味噌、砂糖、味醂、酒を合わせた漬け床を用い、粕漬けの方は酒粕を多目にして、隠し味となる白味噌、酒、味醂を合わせる。

三吉と二人で届けられた鰆を捌き終えたところに、手伝いに訪れるはずだったおき玖から文が届いた。

鰆の切り身に等分に漬け味噌、漬け粕をまぶして樽漬けにするのは、漬物同様、要領を心得て手間をかけねばならない仕事であった。

文には次のようにあった。

何日か前から歩いていると後ろに誰かの目を感じていました。尾行られているんです。走り出して撒いたこともありましたが、明るい時に追いかけ返したりもしました。その際に相手が落としていったと思われる藁を何本か拾いました。

これを旦那様に見せたところ、顔色が変わって、〝これは大変だ、去年の霜月三日と師走五日に、嫁入り前の女たちが殺された事件を覚えているだろう？　それから市中広しといえども知らない者はもういない、孫右衛門の娘お理恵。殺された三人の女たちの骸には、いずれも藁が付いていた。これはきっと偶然ではあり得ないし、下手人はまだ捕まっていない〟と珍しく声を震わせました。

この後、旦那様は南町だけではなく、北町奉行所にまで足を向け、あたしの拾った藁が前三人の方々の藁と同じだと知ったんです。

そして、今まで見たこともない怖い顔で、

〝これから当分、この家から決して出るな、近くを手先の者に交替で見張らせる〟

有無を言わせない物言いでした。

そんなわけであたしはしばらく役宅を出られず、そちらを手伝えません。

ごめんなさいね。

それから、追いかけた相手は菅笠を被った白装束のお遍路さんで、背は高からず低からずでしたが、うちの人は化けているのだろうと言っています。

これでは誰とも突き止められません、残念です。

き玖

季蔵様

気丈なおき玖らしい文で強く案じる蔵之進の思いも伝わってはきたが、
——あの下手人がまた——。こともあろうにおき玖お嬢さんにまで刃を向けようとしているとは——

季蔵は全身が凍りつくような気がした。

第六話　南蛮菓子

一

「おき玖さんからの文、何だったの？　もしかして急な病？　季蔵さん、顔青いよ」

三吉の指摘に慌てて、季蔵はおき玖からの文を袖にしまった。

「春はもうすぐだというのに今年は寒さが緩まないので、ここへ来て風邪を引いたんだそうだ。だからお嬢さんはしばらく、店には来られない」

「これ、手伝って貰えないってことかぁ。こうなったら、よしっ、合点だぁ」

ため息は洩らしたものの、三吉はせっせと積み上がっている鰆の切り身に塩を振り始めた。

味噌漬け、粕漬けの別にかかわらず、漬け魚には下拵えが欠かせない。少量の振り塩で余分な水分を身から出してしまう必要がある。

手早く仕事をこなしながら、鼻歌がひとしきり終わると、

「そういや、そろそろあっぱれ仇討ちのネタがつきかけてるんだろうね。あること、ない

こと瓦版屋が書いてる。そん中でも、こりゃ、どう見ても無理な話だっていうのがある。それっていうのは、あの史郎右衛門が、打ち首になる寸前、自分は一時続いた女殺しの下手人だって言い出して、首が飛ぶまでの時を稼いだって話。おいらはでっちあげだと思うけど、ほんとはどうなんだろう？　やっぱり嘘なのかな？　それとも、吝だから色街通いは滅多にしなかった史郎右衛門だけど、軒並み、奉公人の女の人たちに声を掛けてたっていうほど助平だったたって、別の瓦版に書いてあったから、実はほんとだったりして——」

瓦版通を自慢げに披露した。

季蔵は無言で聞き流したが、

——忠兵衛、総太殺しの折、史郎右衛門、余次郎を吉原の廓花に居続けさせて、証とするよう指図したであろう黒幕は、まだ捕まっていない——

ふと、史郎右衛門たちが犯した十年前の事件もこの黒幕が関わっているのではないかと思えてきた。

——そして、この黒幕はただ強欲であるだけではなく、楽しんで残忍な女殺しを続けている。お理恵さんを殺めて以来、しばらくは息を潜めていたかのようだったが、堪らずにまた動き出した——

季蔵の危惧は的を射ていた。

前触れもなく昼時にふらりと訪れた烏谷は、

「夕餉ならこれに酒も加えるところなのだが、まだまだ陽は高い。我慢するとするか」

いつも通り、離れで仕上がったばかりの鰆の粕漬けを焼かせて五杯飯を掻き込んだ。味噌漬けではない粕漬けでも大飯を食らえるのがこの男ならではの特技であった。

「何か？」

季蔵は訊いた。

烏谷が昼飯だけが目的で訪れるはずもなかった。

「大したことではないが、大したことでもある」

「どういう意味です？」

「実はな、そちも知っている廻船問屋の長崎屋の主五平が昨日、奉行所のわしのところにやってきたのだ。五平は不景気極まるこの御時世、堤防造り等いろいろ滞りがちなのではないかと案じて、役立ててほしいと千両もの大枚を差し出した。むろんこれは表向きの用件にすぎない」

――元から五平さんは市中の人たちが安心して暮らせるようにしたいという、お奉行様の町造りに力を貸していた。とはいえ、如何に長崎屋が大店中の大店でも千両は多すぎる

――

「本当の用向きは何なのでしょう？」

季蔵は訊かずにはいられなかった。

「何でも、このところお内儀が誰かに覗かれているというのだ。お内儀は庭いじりが好きで植木屋も頼むが自分でも世話をするのだそうだ。冬でも葉をつけている植木の中には、

寒さも雪までとなると枯れるものがあるので、雪の後、晴れると植木の雪払いに精を出して時を過ごすことが多いのだとか――。覗かれるのはこの折だ」

「なるほど」

――五平さんにとって、お内儀のおちずさんは恋女房にして天女なのだろうから無理もない――

「わしは承知して、悪戯者が覗きをしているに違いないと思い、忍冬の垣根近くに役人を交替で貼りつかせることにした。だがここで一つ、気になる事実が出てきた。これよ。ただしまだ五平には言うていない」

烏谷は片袖から懐紙を出して開いた。上には藁が一本載っている。

「それはもしかして――」

去年霜月と師走に殺された小間物屋井野屋の娘お藤、料理屋ひさごの女将智代、孫右衛門の娘お理恵の骸に残っていたものと、同一であることまでは烏谷も知り得ていた。

しかし、後を尾行られたおき玖と藁の話は初耳であった。

「蔵之進とわしの仲だというのに何とも水くさい」

烏谷は口をへの字に曲げた。

南町奉行所務めのおき玖の夫伊沢蔵之進と北町奉行烏谷は、時には協力しあって事件に当たることがあった。

「そもそもお役目は月交替だから、去年の小間物屋井野屋の娘お藤と孫右衛門の娘お理恵の殺しは北のこちらで、料理屋ひさごの女将智代は南だった。それでわしらは互いにわかっていることを伝え合っていたというのに。おき玖を尾行ていた者が落とした藁までそれとは知らずに調べたというのに、わしの耳に入れようとしなかったとはな」

憤懣(ふんまん)やる方ない烏谷を、

「どうか、蔵之進様を叱(しか)らないでください。わたしも蔵之進様とは親しいつもりですが、事の次第を報(しら)されたのはおき玖お嬢さんからなのです。蔵之進様はそれほどお嬢さんが大切なのです。何かあってはいけないと気もそぞろなのだと思います。頭の中はいつもそのことだけで、夜もろくろく眠れないのかもしれません。お奉行様だって、お涼(りょう)さんの身にこのようなことが起きたら、到底平静ではいられないはずです」

季蔵は宥(なだ)めた。

「お涼に——」

烏谷は雷にでも打たれたかのように、ぶるっと大きな身体(からだ)を震わせて絶句した。

——それほど愛し慈しむ相手の身は案じられるものだ。蔵之進様は我が身に代えてもお嬢さんを守り抜きたいと思っているはずだ——

「わしらは蔵之進の分も平静でいなければならぬな」

烏谷は気を取り戻し、季蔵は無言で頷(うなず)いた。

「ではそちに訊こう。前三件の娘殺しはどれも嫁入り前の女子(おなご)であったのに、今回の長崎屋の妻女もおき玖も亭主持ちだ。この変わり様は何なんだ？　五人の女たちが似通っているのは見目形の良さだ。娘義太夫の人気者だったおちずや錦絵にまでなったおき玖こそ、飛びきりだが、玉の輿に乗りかけていた小間物屋の娘お藤や、年齢を感じさせない色香で客を寄せていた料理屋ひさごの女将智代とてなかなかのものだった。下手人は年齢にかかわらず、嫁入り直前の女には格別の価値があるとして、飛びきり美しいものの、亭主持ちである二人と同じように見ていたのかと気にかかる。だとすると、下手人はさまざまな花を愛でるがごとく、女というものに一家言ある者に違いない。そうなると、お涼の身もあれだけの年増だから安心とは言えまいな」

複雑な面持ちの烏谷はうーむと腕組みをした。

それから何日かは何事もなく過ぎたが、ある朝恐るべき出来事の知らせがもたらされた。

「兄貴、今すぐ来てくれ、舟はある」

怒りで豪助の端正な目鼻口が吊り上がって見える。苛々した口調と目の赤さは寝不足によるものだろうか？

――まるで手負いの獣のようだ――

ともあれ有無を言わせぬ物言いだった。

「わかった」

季蔵は素早く身支度を調えて豪助と共に漬物茶屋みよしへと向かった。

「何が起きた？」

舟上で、季蔵は訊かずにはいられなかった。

込み上げてきた豪助は言葉に詰まった。

「おしんさんが？　どうしたんだ？」

「初めは止めとけって言ってたんだけど、あんまり、大丈夫だっていうもんだから――、あいつに夜道を歩かせた俺が悪いんだ。あいつ、ずっと具合が悪くて、気まぐれにこれは嫌だ、あれが食べたいっていう、水田屋の御隠居さんのところへ、どうしても、いい具合に漬け上がったこの冬最後の蕪の漬け物を届けるんだってきかなくて――。前に別のを届けた時に約束してたんだ。とはいっても、前のは目の前で吐き出されたってえんだから、懲りない奴だよ、おしんは。御隠居は寝たきりで、食べるものしか楽しみがないんだから、このくらいの我が儘はきいてやるべきなんだって言い張って出てった。ほんと、あいつは優しいんだよ」

豪助の声が濡れた。

――豪助は自分にまで怒って高ぶりすぎている――

「夜道で何があった？」

これが肝心であった。

「昨夜、水田屋からの帰り、おしんは襲われたんだ。後ろから近づいてきて、頭から俵をかけられて掠われそうになった」

「まさかそのまま――」

「おしんが――」

「いや、おしんは懸命に暴れて何とか助かった。ああ、でも命からがら逃げ切ってきた時のおしんの顔ったらなかった。息を切らしてて真っ青、もう死んじまってて、幽霊が戻ってきたのかと思ったほどだった」

二

よほどのことがない限り休まない漬物屋茶屋みよしも、今日ばかりは休みを告げる貼り紙がされている。

季蔵は豪助と一緒に勝手口から中へと入った。

「ちゃん」

すぐに可愛い盛りの一粒種善太が目をこすりながら豪助に飛びついてきた。

抱き上げた豪助は、

「母ちゃんは大丈夫か？」

倅に訊いた。

「ううん」

善太は首を横に振って、

「だって布団の上に座ってるもん、働いてないもん」

心配そうな目を父親に向けた。

豪助は部屋の障子を引いた。

「横になってりゃよかったのに」

豪助は咎める口調とは裏腹に、優しく羽織を着せかけてやった。

「お見苦しいところを」

幾分まだ顔の青いおしんは、ほつれた後れ毛を掻き上げつつ季蔵に向かって頭を下げた。

「豪助から聞きました、大変でしたね」

「俵を頭から被されると息もできなくなりそうで、苦しくて、何とか逃げようと、あたし、もう、無我夢中だったんですよ、それで、ほらっ、ね」

おしんは髪にだけではなく、首筋にまで付いている藁を取り除いているところであった。

――比べてみないとはっきりとはわからないが、お理恵さんに付いていた藁に似ている――

「それ、預からせてくれませんか?」

「ええ」

おしんは集めた藁を季蔵に渡した。季蔵は大事に手巾に包んで片袖に落とした。

「前に殺された娘さんたちにも藁が付いてたって話、瓦版に書いてあったとかで、うちの人、知ってたんです。あたしも知ってました。でも、まさか、あたしの身に降りかかってくるなんて思ってもみなかった」

泣き顔になったおしんは大きな身体を縮込めて、

「今は思い出すだけで怖くて、怖くて仕様がない」

急に歯をがちがち鳴らした。

「おまえ、まだ番屋へ届ける気かい？」

豪助は震えているおしんの背中をさするように抱いた。

「季蔵さんはどう思います？　うちの人は届けて、瓦版なんかで知る人が増えたら、またぞろ、下手人の恨みをかって狙われるから止しとけって言うんです。けど、あたしは、もし、あたしみたいな目に遭っても、諦めないで逃げてほしいって、このあたしが逃げられたっていう証だって、これから狙われるかもしれない娘さんたちに伝えたいんです」

言葉はやや震えていたが、おしんは一言一言しっかりと嚙みしめるように言った。

「おしんさんの言う通りです」

季蔵は大きく頷き、

「おしんさんの勇気に感心しました。ただ、怖くはないですか？」

感動のほどを言い添えると、

「あたしにはこうして守ってくれるうちの人がいますから」

おしんのふっくらとした手が豪助の固い掌をもとめ、二人の手はしっかりと握りあわされた。

こうして、おしんが娘ばかり付け狙って殺す下手人に襲われた事実は、あっという間に市中に広がった。

幾ばくかの銭と引き替えに市中で起きた事件について、番太郎から話を聞く瓦版屋もいたからである。

おしんは一躍名が知れて、一目勇敢な女主を見たい、ついでに美味いという漬物も味わいたいという老若男女が日々、門前市を成すようにもなった。

「相変わらず、転んでも只じゃ起きない奴だよ」

豪助は呆れる一方、

「だが、油断はできねえ。下手人はきっと今、おしんの商いが繁盛してるのも気に入らねえだろうから。しばらくは舟を漕ぐのを休むことにしたよ、あいつがいなくなったら俺、どうしていいかわかんなくなりそうだ」

知らず知らず、妻への想いの熱さを洩らしていた。

下手人は女というものに一家言あると言っていた烏谷は、

「贔屓目にも美形とも言えず、若くも嫁入り前でもない、あのおしんまで気に掛かっていたとは、ますます奇々怪々な下手人だ。ますますわからなくなったぞ。我らは下手人に弄ばれている」

口惜しそうに頭をかしげ続けた。

調べはいっこうに進捗の様子がなかった。

そんなある日の朝、油障子を開けると、また臘梅の一枝が置かれていた。

――えっ？　何とあれはお理恵さんのために尚吉さんが手向けた花ではなかったのだ

季蔵には青天の霹靂であった。

――だとすると、総太さんのところにあった臘梅の花も尚吉さんが手にしていたものではなかった。総太さんを手に掛けた者、黒幕の一味が落としていったものとしか考えられない。そうだ、それが解ければ糸口が摑めるかもしれない――

季蔵はまだ、史郎右衛門と余次郎の廓花での証に拘っていた。

――吉原で廓花といえば格式の高さで知られている。馴染み客でもないあの二人が、あのようなわかりやすい証を立てられたことに、一枚も二枚も嚙んでいたに違いない黒幕の正体が知りたい――

季蔵は思いきって五平に伝手を頼もうと思いついた。

――あの時、田端様の調べにお奉行様はご不満だったが、あの地獄耳、千里眼のお奉行様とて、聞こえぬ音、見えないものがきっとおありなのだ。吉原に伝手があればとっくに調べをつけているはずだ――

頼みたいことがあると記した文を届けさせると、〝明日の朝、明け六ツ（午前六時頃）前にまいります〟と五平からの返事が返ってきた。

季蔵は夜が明けぬ前に店へ出た。

油障子を開けて顔を見せた五平は、挨拶もそこそこに、

「毎日、朝餉だけは家族揃って箸を取ることにしています。あまり時がないのです」

用件をと急かした。

そこで季蔵はずっと気にかかっていたことを話して、

「あの二人が忠兵衛、総太を殺したのは明らかで裁きも下ったのですが、二つない身体では直に手を下すことはできません。その黒幕を突き止めるには、どうしても、吉原の特殊な商いに詳しい人の話が聞きたいのです。噺家の頃に馴染んだお知り合いはおられませんか？」

単刀直入に頼んだ。

「もしや、市中を賑わせ始めた娘殺しの下手人と、史郎右衛門たちの黒幕に関わりがあるとお思いなのでは？」

五平はじっと季蔵の顔に目を据えた。

季蔵は黙って頷いた。

「娘殺しはうちのおちずにも降りかかってきそうになった憎むべき悪事です。是非、下手人を突き止めてください。そうしていただかないと、少しでも関わった者たちは枕を高くして眠れません。わかりました。他言しないと約束してくだされば、紹介しましょう。ただし、その者の話だけではなく、どうしてわたしにそのような知り合いがいるかも伏せてください。実は勘当されて噺家で飯を食う覚悟でいた頃、噺好きだった廓の主夫婦に見込まれて、先を約束した女なのです。相手は廓花の主の養女でした。噺家には貧乏が付き物ですから、廓の女主が女房というのも、そこそこ食えて、気楽で粋なものだと思っていました。ところがわたしが長崎屋を継ぐこととなったので、相手に廻船問屋のお内儀になってもらえないか、と切りだしたところ、〝堅気は水に合わない〟と断られました。養父母が立て続けに死んだ後、その女は廓花を立派に切り盛りして、以前よりずっと格が上がったと評判です」

「行かれたことは？」

「ありません。わたしには愛おしいおちずがおりますし、互いに別の道を歩いておりますので」

「では会っていただけるのかと――」

「廓花を今のように建て替える時、多少の金の都合をしたので心配ご無用です。わたしなりに廓の仁義を守ってきました」

五平はさらりと応え、そこはかとなく男の色気が漂う、垢抜けた背中を見せて帰って行った。

三日後、季蔵は五平が指定してきた、金杉下町にある空き家の客間で、その相手と向かい合うことになった。

「満知です」

三十半ばと思われるお満知は、化粧気が全く無く、髪を一つに纏め、笄をさしている。ただし白地に大きな縦縞が走っている着物は木綿ではなく絹だった。帯は男のように低めに締めている。

――五平さんのあの独特な後ろ姿にどこか似ている。共に、これぞ奥深く凄みさえある、本物の粋というものなのだろう――

「お話は伺っています。そう固くならずに何でもお訊ねください。知っていることなら、何でもお話ししますから、どうぞご遠慮なく」

お満知は信玄袋から取り出した煙管に煙草の葉を詰め、長火鉢の火を借りて点けると、ぷかりぷかりと気持ちよさそうに煙を吐き出した。

三

お満知に促されて、季蔵は忠兵衛、総太が殺された時に廓花に上がっていた、馴染みでもない史郎右衛門たちのことを訊いた。

「お二人のうち、お一人は刑死し、もうお一人は悪人として成敗されたと聞いています。けれども、どちらも廓花にとってはお客様でしたので――」

お満知はまずそう断ってから、

「一見の客に過ぎないあの方たちを、廓中で大騒ぎしてもてなしたのは不審だとおっしゃるんですね？」

「史郎右衛門たちもかなり散財はしたのでしょうが――」

まさか、廓花もいい金になったはずだとまでは言えなかった。

「ええ、まあ」

お満知はそうでもないと言う代わりに目を伏せた。

——何と吉原も上店となると、あの程度の散財ではいい儲けになったとは見なされないのかもしれない——

「ますます解せなくなりました。なにゆえ、あの日、上客でもない史郎右衛門たちに手厚かったのです？」

「あいにく、近く身請けされる花魁のお相手がおいででしたので、皆様が思われているほど手厚くはございません。廓花では花魁は一人と決めていて、身請けされていなくなると、馴染みのお客様たちとも相談して、遊女たちの中から選んで花魁道中を歩かせるのです」

花魁道中とは吉原の中を花魁が最高に豪奢な衣装をつけて練り歩く、一種の襲名行事のようなものであった。

「ようは、その日、もてなしに花魁は加わっていなかったと？」

「御存じの通り、花魁ともなればそうそう気安く客の前には出ないものです」

花魁と一時を過ごすためには、何度も通い続け、そのたびに大枚を落とさねばならないのであった。初会など顔を見ることも許されない。

——となると、身請けの話や相手が来ていたという話も眉唾ものだ。お満知さんは花魁を加わらせていないもてなしは、そこそこのものにすぎないし、吉原流の接客はきっちり守られていると言っているのだ——

「わたしにはますます、なにゆえ、そちらが史郎右衛門たちを上げたのか、その理由がわからなくなりました。最高ではないが、おざなりのもてなしではないはずです。なぜ、あの日、史郎右衛門たちを上がらせたのです？」

　季蔵が詰め寄ると、

「史郎右衛門さんたちは吉原薬の札をお持ちでした。これをお持ちの方はたとえ初めてでも、そこそこもてなすというのが吉原の古くから続く掟です。これについては廓花だけではなく、吉原中の店が承知しているのです」

「その吉原薬とは？」

「権現様が江戸に開府された頃は、なぜか口にすると命が無くなる格別な南蛮菓子の金平糖でした」

「毒入りの金平糖が、吉原中の廓に配られていたというわけですね」

「そう聞いています。そして、吉原薬と書かれた札をお持ちのお客様をそこそこ手厚くもてなした後、このお菓子をお出ししていたとか——。亡くなった方々は卒中等で死んだと見なされていたと聞いています。吉原も吉原薬も元はお上が造られたものですので、大猷院（徳川家光）様の頃まで続いていましたが、明暦の大火でこちらに移ってからはないと聞いております。そのうちに、御大名方や大身の旗本方の跡目争いにも用いられるようになり、今や腐るほどお金を持っている町人のお大尽にまで広まりました」

「すると、今の吉原薬は毒入り菓子ではないのですね？」

「金平糖が配られなくなった時、皆、ほっと胸を撫で下ろしたそうです。代わりの吉原薬の札は、〝吉原とそのもてなしに憧れる無粋な輩たちだが、そこそこ手厚くもてなすように〟との暗示になったのです。これだけのお役目ですと、死者は出ず、そればかりか、その時、お客様が吉原で落とされた金子の数倍もの小判が、名も告げぬ誰とも知らぬ方から、闇夜に放りこまれてくる成り行きです。これだけの金子が動くのですから、わたしたちの役回りも相当重いのだとは察しられますが、詮索はしないことにしています。何らわたしたちには関わりのないことですから」

お満知はきっぱりと言い切った。

「吉原薬と書かれた札を無粋者からそちらへ渡し、大枚をその謝礼とする相手に心当たりはないのですね？」

「ございません。吉原薬が札に代わったのは、気の遠くなるほど昔のことなのです。南蛮菓子の金平糖だった頃のことを聞いていた養家の曾祖母は、もうとっくに亡くなって、おりません」

「それではその曾祖母さんのしていた話を思い出していただけませんか？」

「甘い物が好きだったというのに、曾祖母は金平糖を死ぬまで遠ざけていました。南蛮菓子を扱う菓子屋が黒幕だと言ってきかないのです。亡くなる間際には、永代橋の柳屋さんを名指ししていました」

――永代橋の柳屋だって？――

柳屋はずっと以前に季蔵が対決した虎翁が店主を務めていた菓子屋であった。菓子を売る商いではなく、我欲を満たすために御定法を逸脱する悪党たちを束ねていたのが虎翁だった。

——どうして、虎翁が菓子屋だったのか、やっとわかった。菓子屋は方便や目眩ましなどではなかったのだ——

「柳屋さんはそんな大それたことの出来るはずもない裏店で、今はもう潰れてありません。曾祖母は年齢のせいで幻と真の区別がつかなくなっていたんでしょう。今、思い出すと他愛もない話に思えます。このぐらいでよろしいでしょうか？」

「ありがとうございました」

季蔵は頭を垂れた。

この日の夜、家に帰っても眠れそうにないと思った季蔵は三吉を帰した後も店に居た。

柳屋が潰れたのは虎翁の不肖の倅が父親を殺し、自害したため店の継承が出来なくなったからであった。

その時、烏谷は〝この先、江戸の闇はますます深くなるだろう〟と言った。たとえ悪の権化でも虎翁という首領がいて、悪党たちなりの掟に従わせている方が無軌道に各々が突っ走るよりはましだという意味だろう。

まさにその通りで、不景気が拍車をかけて、市中で起きる残虐な事件は日増しに増えてきている。

季蔵は鰆の味噌漬けを焼いてほぐし、芯にして幾つもの握り飯にした。ちなみにこれに酒臭い粕漬けは合わない。

なぜか、食が進む。

「食があるうちは考えられる。衣食を忘れて打ち込むのが尊いと言われているが、あれは大嘘だ。人は頭で考えるが、頭の元は身体だぞ」

先代の言葉が思い出されてならない。

――とっつぁん、お願いです。何か、とても肝心なことをわたしは忘れているような気がしてなりません。先ほど虎翁を思い出した時からずっとそう思えてならないのです。どうか、その肝心なことを思い出させてください――

季蔵は生前の長次郎が、

「行き詰まった時にはどんな事柄でも紙に書いてみることさ。利口な奴ほどそんなことぐれえ、頭に畳み込んでらあなんて言って、馬鹿にしてやりもしないが、この慢心が落とし穴なんだ。とにかく、書いてみな、書いてみな。案外、紙の無駄にはなんねえもんだよ」

よく口にしていた言葉を思い出していた。

――なぜ、史郎右衛門たちが廓花で身の証を立てられたかについては、ずっと気掛かりだったので書き留めてきていたが、そもそも、殺された娘たちがどうやって下手人に選ばれたのかは、瓦版でさまざまな憶測が飛び交うだけだった――

まず季蔵は、殺されたり狙われたりした女たちの名を紙に書いてみた。

・小間物屋井野屋の娘藤

・料理屋ひさごの女将智代
・元大網元孫右衛門の娘理恵
・元塩梅屋の看板娘で南町奉行所同心の新造き玖
・元娘義太夫の花形で廻船問屋長崎屋の内儀ちず
・漬物茶屋の女将で船頭豪助の女房しん

――小間物屋井野屋のお藤さん、料理屋ひさごの女将智代さんとは会ったこともない。だが、わたしのよく知っているお理恵さん、おき玖お嬢さん、おちずさん、おしんさんが狙われたのはただの偶然だろうか？――

　ますますわからなくなってきたと頭を抱え込んでいた時、油障子の開く音がして蔵之進が入ってきた。

「いらっしゃいませ」

　季蔵が握り飯を勧めずに鰆の粕漬けを焼いて、酒の燗を付けようとすると、

「先に話したいことがある」

　蔵之進は真剣な面持ちでいる。季蔵は支度の手を止めた。

「お嬢さんにお変わりはありませんか？」

「元気だ、ここへ手伝いに来られないので退屈はしているのだろうが――」

　季蔵が書き留めた紙に目を落とした蔵之進は、

「やはりな」

大きく頷いて季蔵を見据えた。

四

「おき玖のためもあって、俺は必死に娘殺しの下手人の手掛かりを探っている。一つ大きな事実がわかった。殺された娘たちには、藁が付いていて、狙われた女たちのそばにも藁が落ちていて、逃げ延びて助かったおしんの言葉で、それらは女たちを襲って掠うための俵だとわかった。その俵がどこでどう使われていたのか、俺は粘って市中を走り廻って調べた。俵など珍しくもないものだから、無理かもしれないと思ったが、何と糯米だけの俵だとわかった。多くは作らない貴重な餅米には相応の俵が使われているのだ」

「餅米を俵で入手するのは菓子屋では？」

季蔵はお満知から聞いた吉原薬の話が喉まで出かかった。

――蔵之進様とはいえ駄目だ、長きに渡るお上の秘密と関わっている以上、話すことはできない――

「まあ、そうだろうな。下手人は菓子職人かもしれぬ。それと――」

蔵之進は季蔵が書いた紙を再び見据えた。

「ここに名のある女たちはいずれもおまえさんと関わりがある」

「といっても、小間物屋井野屋のお藤さん、料理屋ひさごの女将智代さんとは、一度も会ったことなどないのですよ」

「二人については家族を調べた。二人はおまえさんが配った、安くて美味い料理の作り方が記された紙を持っていた。それを渡したという親戚（しんせき）筋は塩梅屋の客たちの知り合いだった。嫁に行くとあって、作り方の紙に習って腕を磨こうとしていたのだろう。だから、この二人はおまえさんと無縁ではない。おき玖やおちず、おしんは言うまでもないし、おき玖の話ではお理恵も尚吉の弁当のために足しげく通ってきていたというではないか？」

　これを聞いた季蔵は、いきなり脳天を割られたような衝撃を受けた。

――そして、もっともわたしと関わりがある女は――

　頭の中が真っ白になりかけて、

――駄目だ、落ち着かなくては――

　冷静になろうとして何やら鼻を掠める匂いに気がついた。

　勝手口から流れてきている。

――知らぬ間に――

　幾本も束ねられた臘梅の枝が勝手口の土間に置かれていた。

――これは総太さんを殺した下手人で史郎右衛門たちの黒幕の仕業だ――

　季蔵はぞっと身震いして、抱え上げた臘梅の束を放（ほう）りだした。

――しかし、どうして、このわたしなのだ？　わたしのところへ届ける理由とは？――

　頭を抱えたくなった時、

「急用、急用」

戸口で大声が上げられた。

走って出てみると、使いの者でお涼からの文を届けてきたのであった。

字が乱れている。


瑠璃(るり)さんが掠われました。蘽が落ちていました。

いつのまにか、うちの庭に咲いていた臘梅に気づいた瑠璃さんが、どうしても、そうしたいとおっしゃり、庭に面した部屋で寝ていたのです。

至急おいでください。

涼

季蔵様

蒼白(そうはく)になった季蔵に、

「どうした？」

立ち上がった蔵之進は背後からこの文を読んだ。

「すぐに、すぐに行かなければ――」

「南茅場町(みなみかやばちょう)へ行ったとて、掠われた瑠璃さんが見つかるとは限らない。あの臘梅は何だ？

知っていることを話してみろ」

蔵之進に促された季蔵は、臘梅は総太の家を調べていて見つけ、なぜか、自分のところにも届けられてきているのだと告げた。

「送り主に心当たりはないのか？」

「ございません」

「瑠璃さんのところへは隙を窺って庭に忍び込み、花の付いた臘梅を根付かせたのだろう。なかなかの凝りようだ。これは植木職でもない限り、男の思いつく仕業ではなく、臘梅好きの女子ゆえのもののように思う。もう一度訊く。おまえさんに懸想している女はいないのか？」

「おりません」

　戸口に向かった季蔵の背中に、

「臘梅は珍しい草木ゆえ、育つのに適した地ならともかく、市中にそう多いものではない。亡き養父が唐から入った種を貰い受けたことがあると言っていた。播いたが芽は出なかったそうだが。そういえば鷲尾様のお屋敷近くには臘梅の林があると聞いている」

　蔵之進は声を張った。

　塩梅屋を出た季蔵はひたすら、表六番町にある鷲尾家の屋敷を目指した。

　今でも、主家を出奔した堀田季之助と見咎められれば、問答無用とばかりに斬り捨てられる定めの我が身であった。

　屋敷内の長屋には両親と弟夫婦も住んでいる。

──堀田季之助は死んだものと見なされている。菩提寺には墓もあることだろう。見つかってわたしが斬られても、隠していたとして肉親に罪科が及ぶやもしれぬ。けれども──

季蔵は何としても瑠璃を取り戻したかった。

──わたしには瑠璃しかいない──

その一念で懸命に走りながら、季蔵は忙しく頭を巡らせた。

──鷲尾の臘梅林とわたしに何の関わりがあるというのか？　とっつぁん、今は頭の中の紙に書き留めるしかありませんが、どうか、力になってください、お願いします──

この時、季蔵は湧いてくるままに、頭の中の紙にその言葉を連ねていた。

史郎右衛門たちの黒幕

始まりは菓子屋

唐から入った唐梅の臘梅？

鷲尾の臘梅林

長崎奉行の鷲尾影親様

珈琲も？

もしやあの噂は──

そこまで思い出した季蔵にはある光景が見えてきた。

季蔵はまだ幼く、一緒に池の鯉を見ていた瑠璃も同様であった。

「わらわも鯉が見たい」

その声に二人が振り返ると、艶やかな髪で豪奢な着物を着た童女の姿があった。色が抜けるように白く、眉が薄く、唇が薄く小さい。京童のような印象であった。両袖を振ると香りのいい黄色い花が弾けるように落ち続けた。

――あれも臘梅だった――

「控えなされ」

付いていた侍女の一声で季蔵たちはその場を離れた。

ただそれだけの記憶であった。

――似ている――

季蔵の脳裏に思い出したくない主家の主筋の顔が浮かんだ。側室の子ながら嫡子となった鷲尾影守は、成長するにつれて強欲に加えて残虐無比な性質が助長し、若い女の拐かしや殺し等の罪を重ねるようにもなった。季蔵の許嫁瑠璃を奪ったのもこの男だった。

そしてとうとう、影守は一刻でも早く後を継ぐために、実父影親を亡き者にしようとして雪見に誘い出したが、相討ちとなって果てたのであった。

――あの女の子は影親様ではなく影守によく似ていた――

季蔵たちを池の前から追い払わせた少女は一月ほど鷲尾家に居て京に帰った。江戸見物に訪れた京の知人の娘だという話だったが、実は影守には双子の妹がいて、影親が京の知人のところに養女に出したのだという噂も立ったが、これはすぐに消えた。

畜生腹と言われて忌み嫌われた双子は、一人を残してもう一人は養子に出すのが習いであったが、鷲尾家ではもっと厳しく、代々、双子は決して当主にしてはならないという家訓があった。所詮は畜生の道しか歩むことができないという考えである。しかし、二十歳すぎてお多福風邪に罹った影親は、もう実子をもうけることは出来ず、それゆえに噂を流したとされる侍女は即刻暇を出されたのであった。しかし、親と相討ちになった影守の死に方はまさに畜生道としか言いようがなかった。

――やはり、あの噂は本当で家訓は正しかったのかもしれない。その子が生きていて、双子の兄とたがわぬ人となりで、同様な過ちを犯し続けていたとしたら――瑠璃の身が危ない――

季蔵の頭の中に、無残に切り刻まれ、血みどろになって事切れている瑠璃の姿が浮かんだ。

――間に合ってくれ――

心の中で呟いたが骸になり果てた瑠璃の姿は頭から消えない。

「死なせてなるものか」

声に出して怒鳴ったところでやっと微笑んでいる瑠璃の顔が骸に重なって見えた。だが骸そのものはまだ消えていない。

臘梅林に近づくにつれて段々、臘梅の香りが強く漂ってくるようになった。臘梅林を抜けた奥に煌々と灯りの点った、平屋の一軒家が見えている。その様子はまるで季蔵を招き寄せて、待ちかねているかのようだった。門の前に立った季蔵は、

「塩梅屋です、お預かりいただいている瑠璃を迎えにまいりました」

大声で告げた。

「それはまあ、こんな夜更けにご苦労様でございます」

滋養屋の女主幸乃が微笑みながら出てきた。

──上等な水飴にも糯米は欠かせない、しかし、この女があの時の女の子だったのか

──

男にすると影守似のっぺりした白い顔も、女のものだとむしろ優美であった。

「今年はなかなか寒さが緩みませんねえ」

変わらぬ穏やかな声である。

先に立って廊下を歩き始めた幸乃は、着ていた紺地の大島紬を滑り落とした。見えている後ろ姿は白い着物姿であった。

「この姿似合うでしょう？　これでもうわたしたちの邪魔をする女はいないと思うわ」

立ち止まった幸乃は障子を引いた。

「あなたも案じていた通り、やっぱりこの女はよこしまなのよ。おとなしい顔をしてあな

たをたぶらかし続けていた。わたしたちを隔てていたのね」

一瞬、季蔵は目を覆いたくなった。

手足を広げさせられた瑠璃が腰巻き一つに剝かれて木の台に縛り付けられている。台の色が幾分赤いのは、ここで骸にさせられた女たちが流した血が染みこんでいるせいであった。

「両国一の米問屋の跡取り息子との結納が整ったというのに、まだあなたに未練があって、あなたが拵えた料理の手順を書いた紙を、〝これからもこれがないと生きていけない、塩梅屋様ぁだわよ〟なんて言って、肌身離さなかったお藤は年齢通り十八回刺して、お仕置きをしてやった。同じように〝塩梅屋さんの調理手順を書いた紙は残らず集めてるの、決して忘れたりしないように〟って言った大年増の智代は三十回。尚吉という相手がいるというのに、毎日、あなたのところに立ち寄ってたお理恵は二十五回。皆、あなたに横恋慕していた罪をなかなか認めなかったけれど、本当のことを言えば、命だけは助けてやると言うと、渋々そうだと言ったのよね。あなたはいつも、女たちの言うことは嘘ばかりと言ってたでしょ。女たちは嘘つきだから、勝手にわたしという相手がいるあなたに言い寄るんだって。とっても迷惑だとも言ってたわよね。だから、わたし、あなたのために殺したのよ。わたしたちがこうして二人だけになるために——。この邪魔な女はあなたが幼い頃からずっとつきまとってたでしょう?」

幸乃は匕首の切っ先を瑠璃の胸元に突き付けた。

瑠璃は人形のようにぽっかりと空ろな目を開けている。

――あまりの恐怖や辛さが押し寄せてくると、耐えきれずに瑠璃は感情を失ってしまう。鷲尾父子の相討ちを目の当たりにしていた時と同じだ――

季蔵は瑠璃への痛ましさに胸が張り裂けそうになり、どっと幸乃への怒りが込み上げてきた。

――駄目だ、落ち着かなくては――

「この女は特別、わたしとしては恨み骨髄、あなただってそうでしょ？　だから年齢と関わりなく思う存分刺してお仕置きしてやるつもりよ。そうしないと、この女の魂も浮かばれない、地獄へ真っ逆さま、お仕置きの後、命を絶つのは、極楽の仏様の御慈悲を乞うためなのよ」

季蔵は幸乃の隙を狙っていた。

――この女には総太さんの骸を向島の小峰屋忠兵衛の寮まで運ぶ力がある。力ずくで持っている匕首を取り上げようとして、揉み合いになった時、瑠璃を傷つけないとも限らない――

「人の魂と地獄や極楽、仏様との関わりはどなたかに教えられたのですか？」

季蔵はしばらく、幸乃の話に添うことにした。

「それは兄様、鷲尾の兄様よ」

――やはりな――

「影守様とはお親しかったのですか？」

「わたし、兄様とは双子で京の貧乏公家の養女に貰われて行ってたのよ。けれども、貰われた先は火事で人も物も全部燃えてしまった。これじゃ、物乞いで命をつなぐしかないって思って、やっても、なかなかね。身を売るしかないって思い詰めてた時、江戸から迎えに来てくれたのが柳屋の虎之丞、皆は虎翁って呼んでた人の手先だった。この男、死ぬまで会ったことはなかったけど、立派なお屋敷に住まわせて贅沢をさせてくれて、その代わりに、人には言えないことのお手伝いをこなすことになったのよ」

「人殺しまたはその手伝いですね」

「そういうこと。でもこれ、ただの人殺しでも手伝いでもないのよ。お上を始め、身分のある人たちの頼みで動くの。何人も人を介するのでどんな調べをしても、絶対、わたしたちに頼んだ人たちに辿り着けないようになってる。兄様とは幼い頃、たった一度、鷲尾の屋敷に遊びに行った時から気が合ったの。母様のお腹に一緒にいたのだもの、当然よね。それで江戸に来て落ち着いてから、わたしから会いたいと文を出したのよ、兄様、喜んでくれたわ。屋敷へも始終足を運んでくれた」

「飴屋を始めた理由は？」

「兄様のため。わたし、兄様だけには自分の置かれてる様を話したの。すると兄様はもっと儲かる仕事を思いついた。札になってしまっている吉原薬を蘇らせようっていう話。虎翁から貰ったお金は、かなり貯まってたので飴屋を開くのは造作もなかったのよ」

「それで飴を思いついた。たしかに飴ならたいていの毒薬の苦味を誤魔化すことができるでしょう」

「その通り。兄様が長崎からの伝手で手に入れた珈琲なんてもう最高よ。どんな毒だってあの苦味が消してくれるんだもの――」

「十年前、史郎右衛門たちから、孫右衛門さんに抜け荷の濡れ衣を着せる仕事を受けたのもあなた方ですね」

「ええ。もうその頃は虎翁も弱っていて、お役目も仕事もほとんどわたしが請け負ってたの。わたしの後ろに兄様がついてたなんて、あの虎翁でも知らなかったはず。それといつもの通り、あの大罪事件を起こすよう頼んできた相手が、いったい誰なのかも知らされていなかったわ。塩梅屋の通夜で会った時もまだわからず、捕らえられて市中が大騒ぎして初めて、あの時、涎を垂らして、飴を舐めていた我が儘だけの男が、史郎右衛門なんだ、頼んできた相手なんだと知ったのよね」

「窮するあまり、史郎右衛門たちの片棒を担いで、孫右衛門さんから受けた恩を仇で返した、廻船問屋豊前屋を上方に逃がしたのもあなた方ですか？」

「まさか。捕まってしゃべられては困ると始末を頼まれた日、こちらが動く前に逃げてしまったの」

「そして、その後、忠兵衛と総太さんを殺して、相討ちに見せかけようとした。毒で殺した総太さんを向島の小峰屋の寮に運び、中に潜んでいて忠兵衛を花瓶で殴って殺したのはあなたですね」

――この女は悪知恵が回るだけではなしに、小柄とはいえ大の男を運べる力がある。むやみに抗うと瑠璃の身が危ない――

「惜しかった、あなたさえ、見破らなければ相討ちで決まりだったでしょうに。あなたときたら、兄さん並みに利口なんだから。そこがもうたまんないんだけれど」

幸乃は露骨に色香の滲んだ流し目をくれてきて、

「実はあなたに見破られてほしいとも思ったわ。わたし、一時、乞われて京でも同じようなことに手を染めてて、あなたがわたし恋しさに鷲尾の家を出たことも、兄様にあんなことが起きたことも知らなかった。それで江戸に戻ってきてからは、愛しいあなたをずっと探してたの。そして、だんだんわかってきた。あなたが塩梅屋だけじゃなく、北町奉行烏谷椋十郎の隠れ者のお役目も継いでるってことも知ってたのよ」

季蔵は吐き気がしてきたが堪えて、

「影守様が亡くなられた時はさぞお寂しかったことでしょう」

――よくもこのような邪悪な片割れを遺してくれたものだ――

「それはもう。でも、兄様との仕事を続けることが一番の供養と思い定めてやってきたのよ」

「そうでしたか――」

「あなたの支えもあったのよ。わたし、子どもの頃、一度だけ会ったあなたがずっと忘れられなかった。あの池のそばに臘梅が咲いていたことを覚えてる？　わたしの大好きな花なの。香りが良くて、冬の寒さにも負けない、それでいて、可愛さとは別物の凜とした花の黄色、もう最高よ。あの頃は、ここの臘梅林から近くの鷲尾の邸に移して育てようとしてたんですってね。でも育ったのは一本きり、よく花が咲いたものだって、皆が言ってたわ。でもすぐに枯れたわ。臘梅って、双子に生まれたばかりに、親に疎まれて養女に出されたままのわたしみたいじゃない？　そんな臘梅とあなたが重なってる。あなたはわたしのために鷲尾家を出てくれたのだもの――」

幸乃の勝手な想いの吐露は尽きなかった。

「もしや、影守様に瑠璃を側室にしろとおっしゃったのはあなたでは？」

季蔵は腸が煮えくりかえっていた。

「もちろんよ。幼馴染みで身分の釣り合いがとれてるってだけで、好きでもない相手をあなたが嫁にすることないもの。それにしても、あなたも大変よね。愚かな嫁入り前の女たちだけじゃなしに、きっと、恩ある塩梅屋の看板娘や元娘義太夫、鏡を見た方がいい漬物茶屋の女将なんかにも言い寄られてたんでしょうから。でも、飛び抜けて図々しいのはこの女、許せないわ」

匕首をかざしかけた幸乃に、

「その手の始末ならいつでもできます。後にしましょう。ところでこの襖の向こうは何なのです？　よい香りが漂ってきています。もしや、楽しいことがあるのでは？」

季蔵は険しくなりがちな表情を作り笑いで取り繕った。

「そうね、そうだったわ。どうか、開けてみてごらんなさい」

幸乃も釣られて笑った。

季蔵は背中が目に、手になってくれ、瑠璃を守ってくれと念じつつ襖を引いた。

畳の上にぎっしりと敷き詰められているのは、乾かした臘梅の夥しい花弁だった。

しかし、匂いはそれだけではない。

床の間の壁一面が飴絵であった。

臘梅と混ざった甘い甘い香りは飴ゆえであった。

屋根瓦ほどの大きさの四角い飴板が集められていて、白無垢姿の幸乃と紋付き袴の季蔵が並んで座っている図であった。

「どう？　気に入った？　わたし一人だったんで、祝言のための飴作りはとても大変だったのよ。さあ、早く、あなたも紋付き袴に着替えて」

「そうしましょう」

畳んである紋付き袴を渡された季蔵は飴屏風の後ろに回って着替えを済ませた。

飴屏風の模様は、季蔵と幸乃とわかる顔の男女が裸で睦み合っている。

――何ともおぞましい――

花婿が座る場所におさまると隣りの幸乃は綿帽子を被っている。

「やっとこの日が来ましたね」

季蔵は囁くように言った。

「でも、今はこのような華燭に連なることができて、あの世の兄様もきっと喜んでくださっているわ。ああ、でも、やはり邪魔立てする者は無くしてしまわねば、真から目出度い祝言にはならないという、兄様の声が聞こえてきたわ。白無垢の華燭に揃いの懐剣で落とす、このような血こそ、門出にふさわしい浄化の血だと」

懐剣を抜いた幸乃は立ち上がって、捕らえてある瑠璃の元へと向かった。

台に捕らわれている瑠璃までの距離は一間（約一・八メートル）はある。

――今だ――

綿帽子のせいで幸乃は周囲を見透せない。季蔵は幸乃の白無垢の裾を力一杯踏んだ。

うつ伏せに幸乃は倒れ、

「死ね」

叫んで懐剣を瑠璃に向けて投げた。

力が入りすぎたせいか、瑠璃を掠めもせず、懐剣は廊下から庭へと落ちた。

季蔵は裾を踏みつけて、相手を動けないようにしている。

――匕首ものんでいるはずだ――

続けて幸乃が胸元に隠していた匕首を投げた。

咄嗟に裾から片足を離して季蔵は瑠璃に向かって跳んだ。台の上の瑠璃に重なって庇った季蔵の左肩に匕首が突き刺さった。

綿帽子姿の幸乃が花婿花嫁を照らし出している左右の燭台へと歩いた。

白無垢の袖で次々に燭台を倒した。

外から風の音が聞こえてきていた。

みるみる炎が広がっていく。

「これでお陽様色の祝言が挙げられる、お陽様祝言、お陽様祝言――」

幸乃は満足そうに繰り返した。

さらに風の音は強く鳴っている。

火の勢いも増した。

――縄を解いていてはとても間に合わない――

〝季蔵さん、俺がついてるぜ――〟

尚吉の声が聞こえたような気がした。

季蔵は瑠璃が捕らわれている台ごと抱え上げた。

もはや、左肩に匕首が刺さっていることは忘れている。

――この風向きでは中の炎はすぐに庭にまで及ぶだろう――

季蔵は庭には出ず、台ごと瑠璃を抱えて廊下を歩き、招き入れられた門戸を出た。

背後ではまるで物の怪と化したかのような炎が荒れ狂って、幸乃の悪徳と狂気を呑み込んでいった。

季蔵の左肩の傷は思ったより深く、烏谷が医者を呼んでくれて、適切な手当が施された。もうあと少し深かったら骨が切れて、腕が不自由になりかねないところだったという。救い出した瑠璃は命に別状はなかったものの、また新たに心に傷を負ってしまったことになるが、意外にも悪かった前には戻らなかった。

「おかげと言っては可哀想ですけど、やっぱり虎吉のおかげです」

お涼の話では瑠璃が掠われる際、身体を張って庇おうと嚙み付いた虎吉は、嫌というほど跳ね飛ばされて漆喰の壁に全身を強打し、予断を許さない様子が続いていたのだという。

「うちへ戻った瑠璃さんは掠われたことなど無かったかのように、夢中で虎吉を介抱し続けてるんです。ご自分が元気でないと、虎吉の世話が充分にできないとわかっているからでしょうか、食が進まないということもありません。あんな目に遭って、さぞかし辛かったろうにねえ」

お涼は目を瞬かせつつもうれしそうに季蔵に告げた。

幸乃の別宅から出た炎は臘梅林を燃え尽くしたが、他に飛び火はせず、単なる火の不始末と見なされた。本来、出火は大罪ではあるが当人が焼け死んだとあってそれ以上の詮議はされなかった。

滋養屋は突然店仕舞いとなり、何も知らないおき玖やおちず、おしんは、

「あの女主幸乃さんがいない滋養屋なんてつまらないわよ、あそこの美味しい飴の味は幸乃さんあっての味だもの」

「聞き上手のいい方だったわね。知ってた？　あそこじゃ、特別に注文すると作ってくれる、長寿を願う千歳飴に似た夫婦飴があったのよ。夫婦の縁が続きますようにって、もとめてた祝言を控えた娘さんの数、それはそれは多かったのよ」

「あたしったら、飴を買うだけじゃなしに、夫婦喧嘩や季蔵さんのことまで話しちゃってた。いつも親身で優しかった、あの女主の幸乃さん――」

口々に幸乃を悼んだ。

一方、烏谷は、

「これでやっと鷲尾の冬幽霊が退治できたというものだ」

季蔵の耳に囁いて、わははと笑った。

お涼の家の庭では花をつけた臘梅が根ごと枯れた。一方、瑠璃の昼夜を問わない手厚い介抱の功あって、虎吉は前のように歩いて飛び跳ね、時に飛びかかることができるようにまで恢復した。

桜の時季が近づき、やっと大川の水もいくらか温み始めている。

〝季蔵さん、あんたは現世で幸せになってくれよな〟

また、尚吉の声が聞こえた。

本書は、時代小説文庫（ハルキ文庫）の書き下ろし作品です。

わ 1-44

南蛮菓子 料理人季蔵捕物控

著者 和田はつ子

2017年12月18日第一刷発行

発行者 角川春樹

発行所 株式会社 角川春樹事務所
〒102-0074 東京都千代田区九段南2-1-30 イタリア文化会館

電話 03(3263)5247[編集] 03(3263)5881[営業]

印刷・製本 中央精版印刷株式会社

フォーマット・デザイン&シンボルマーク 芦澤泰偉

ISBN978-4-7584-4138-4 C0193
http://www.kadokawaharuki.co.jp/[営業]
fanmail@kadokawaharuki.co.jp[編集] ご意見・ご感想をお寄せください。

和田はつ子
雛の鮨
料理人季蔵捕物控

書き下ろし

日本橋にある料理屋「塩梅屋」の使用人・季蔵（としぞう）が、手に持つ刀を包丁に替えてから五年が過ぎた。料理人としての腕も上がってきたそんなある日、主人の長次郎が大川端に浮かんだ。奉行所は自殺ですまそうとするが、それに納得しない季蔵と長次郎の娘・おき玖は、下手人を上げる決意をするが……（「雛の鮨」）。主人の秘密が明らかにされる表題作他、江戸の四季を舞台に季蔵がさまざまな事件に立ち向かう全四篇。粋でいなせな捕物帖シリーズ、第一弾！

和田はつ子
悲桜餅（ひざくらもち）
料理人季蔵捕物控

義理と人情が息づく日本橋・塩梅屋の二代目季蔵は、元武士だが、いまや料理の腕も上達し、季節ごとに、常連客たちの舌を楽しませている。が、そんな季蔵には大きな悩みがあった。命の恩人である先代の裏稼業〝隠れ者〟の仕事を正式に継ぐべきかどうか、だ。だがそんな折、季蔵の元許嫁・瑠璃が養生先で命を狙われる……。料理人季蔵が、様々な事件に立ち向かう、書き下ろしシリーズ第二弾！

和田はつ子
あおば鰹(がつお)　料理人季蔵捕物控

書き下ろし

初鰹(はつがつお)で賑わっている日本橋・塩梅屋に、頭巾を被った上品な老爺がやってきた。先代に〝医者殺し〟(鰹のあら炊き)を食べさせてもらったと言う。常連さんとも顔馴染みになったある日、老爺が首を絞められて殺された。犯人は捕まったが、どうやら裏で糸をひいている者がいるらしい。季蔵は、先代から継いだ裏稼業〝隠れ者〟としての務めを果たそうとするが……(「あおば鰹」)。義理と人情の捕物帖シリーズ第三弾、ますます絶好調。

和田はつ子
お宝食積(くいつみ)　料理人季蔵捕物控

日本橋にある一膳飯屋〝塩梅屋〟では、季蔵とおき玖が、お正月の飾り物である食積の準備に余念がなかった。食積は、あられの他、海の幸山の幸に、柏や裏白の葉を添えるのだ。そんなある日、季蔵を兄と慕う豪助から「近所に住む船宿の主人を殺した犯人を捕まえたい」と相談される。一方、塩梅屋の食積に添えた裏白の葉の間に、ご禁制の貝玉(真珠)が見つかった。一体誰が何の目的で、隠したのか!?　義理と人情の人気捕物帖シリーズ、第四弾。

和田はつ子
旅うなぎ 料理人季蔵捕物控

書き下ろし

日本橋にある一膳飯屋〝塩梅屋〟で毎年恒例の〝筍尽くし〟料理が始まった日、見知らぬ浪人者がふらりと店に入ってきた。病妻のためにと〝筍の田楽〟を土産にいそいそと帰っていったが、次の日、怖い顔をして再びやってきた。浪人の態度に、季蔵たちは不審なものを感じるが……(第一話「想い筍」)。他に「早水無月」「鯛供養」「旅うなぎ」全四話を収録。美味しい料理に義理と人情が息づく大人気捕物帖シリーズ、待望の第五弾。

和田はつ子
時そば 料理人季蔵捕物控

日本橋塩梅屋に、元噺家で、今は廻船問屋の主・長崎屋五平が頼み事を携えてやって来た。これから毎月行う噺の会で、噺に出てくる食べ物で料理を作ってほしいという。季蔵は、快く引き受けた。その数日後、日本橋橘町の呉服屋の綺麗なお嬢さんが季蔵を尋ねてやって来た。近々祝言を挙げる予定の和泉屋さんに、不吉な予兆があるという……(第一話「目黒のさんま」)。他に、「まんじゅう怖い」「蛸芝居」「時そば」の全四話を収録。美味しい料理と噺に、義理と人情が息づく人気捕物帖シリーズ、第六弾。ますます快調!

和田はつ子
おとぎ菓子
料理人季蔵捕物控

書き下ろし

日本橋は木原店にある一膳飯屋・塩梅屋。主の季蔵が、先代が書き遺した春の献立「春卵」を試行錯誤している最中、香の店粋香堂から、梅見の出張料理の依頼が来た。常連客の噂によると、粋香堂では、若旦那の放蕩に、ほとほと手を焼いているという……（「春卵」より）。「春卵」「鰯の子」「あけぼの膳」「おとぎ菓子」の四篇を収録。季蔵が市井の人々のささやかな幸せを守るため、活躍する大人気シリーズ、待望の第七弾。

和田はつ子
へっつい飯
料理人季蔵捕物控

書き下ろし

江戸も夏の盛りになり、一膳飯屋・塩梅屋では怪談噺と料理とを組み合わせた納涼会が催されることになった。季蔵は、元噺手である廻船問屋の主・長崎屋五平に怪談噺を頼む。一方、松次親分は、元岡っ引き仲間・善助の娘の美代に、「父親の仇」を討つために下っ引きに使ってくれ、と言われて困っているという……（「へっつい飯」より）。表題作他「三年桃」「イナお化け」「一眼国豆腐」の全四篇を収録。涼やかでおいしい料理と人情が息づく大人気季蔵捕物控シリーズ、第八弾。

時代小説文庫